La deriva de los continentes

Álvaro Luna

Primera parte: Shepard

Érase una vez un muchacho sentado en un sillón, hamacando al susto sobre las rodillas, sosteniendo un sobre humedecido por el sudor nervioso que brotaba de las palmas de sus manos. Estaba en esa etapa intermedia entre la adolescencia y la adultez, caracterizada por un aire de incomodidad crónica mezclado con desafío. La cara pálida, de mejillas sonrosadas, nariz fina y algo prominente, que ocultaba en parte la sombra de una pelusa que no podía llamarse bigote, expresaba una mezcla de expectación, impaciencia y temor, todo ello enmarcado por una mata de pelo ralo pajizo, tendido sobre la cabeza apenas desproporcionada respecto al cuerpo flaco largo, tenso, de hombros caídos, rodillas juntas y manos inquietas que no encontraban una postura que las sosegara. Los ojos saltones, de color cielo invernal, se movían como insectos en el recinto de la oficina vacía, ciega, escasamente iluminada por una lámpara cansada que colgaba del techo. El muchacho movió la cabeza, recorriendo con la vista los cuadros que vestían las paredes de la sala. Sus ojos se detuvieron en retrato de una mujer enfundada en un vestido blanco de mangas anchas, que, con cuerpo de perfil, giraba la cabeza devolviéndole la mirada al espectador. En las manos sostenía una fuente ovalada de vidrio, rebosante de trozos multicolores de frutas verduras, de la que emergía enhiesto el mango de un cucharón, sobre el que resbala un rayo de luz. Se dejó caer en la mirada plácida, en la inclinación feliz de la cabeza cubierta de una voluminosa cabellera roja, apenas contenida por un rodete.

Un sonido lo sobresaltó, y al volver la vista al frente se encontró con la cara de un hombre, animada de curiosidad.

-Buenos días.-dijo el hombre, añadiendo una mano rolliza al saludo.

-Buenos días.-contestó el muchacho, con mucho menos aplomo que su interlocutor, estrechándole la mano.

-El hijo de Shepard, ¿verdad?-preguntó el hombre. Su voz ronca, que parecía tan vieja como él, descendía desde un cuerpo alto, en el que, como perdidos, brillaban unos ojos taimados, enmarcados por unas cejas tan blancas como el pelo que le coronaba la cabeza. Su cara era rojiza y regordeta, cruzada por profundas arrugas que le daban un carácter de particular intensidad.

-Sí. Luis.-dijo el muchacho, creyendo necesario decir su nombre, y alcanzó al hombre el sobre que había sostenido en la mano todo ese tiempo.- Mi currículum.

El hombre se sentó detrás de un escritorio, invitándolo a sentarse del otro lado. Abrió un cajón, del que extrajo un abrecartas, con el que rasgó el sobre, sacando del interior una hoja de papel, que desdobló y leyó silenciosamente.

Unos segundos después, levantó la vista y, con cuidado, dejó el papel sobre el escritorio, como si se tratara de un exótico jarrón de porcelana y temiera romperlo.

-Así que no has trabajado antes.

-No, señor, pero puedo aprender.

El hombre agregó un poco de suspenso a la situación, recostándose sin apuro en su silla:

-¿Y por qué no trabajás con tu padre en la ferretería?

Las mejillas de Shepard se tiñeron de rubor, como si se las hubieran frotado con polvo de ladrillo.

-Prefiero abrirme camino por mí mismo.

El hombre volvió a hacer una pausa, reflexionando. Finalmente, pareció decidir algo.

-El trabajo es fácil, hay que lavar la cristalería y la vajilla que vuelven del salón. Si sos lo suficientemente rápido para limpiar podés dar una mano en la cocina y de a poco ir aprendiendo. El horario es de doce a tres de la tarde y de ocho a once de la noche. Como sos menor no podés trabajar más de seis horas ni más allá de las once. Eso hasta que cumplas dieciocho, después tendrás que hacer el horario normal, que es igual de mañana pero de las siete al cierre. Tenés que sacar un permiso en el Consejo del Niño. El día libre va a ser a mitad de semana, porque los fines de semana es cuando más trabajamos. ¿Te interesa?

-Sí.- contestó Shepard, conteniendo apenas su emoción.

-¿Tenés carné de salud?... Bueno, tenés que sacarlo también.

-Sí, sí, lo saco. ¿Y cuándo empezaría?

El hombre se acarició la barbilla con la punta de un dedo rechoncho, satisfecho con el entusiasmo del muchacho.

-Si iniciás mañana los trámites podés empezar entonces, te van a dar una constancia que te va a servir hasta que tengas los permisos definitivos. ¿Te parece?

Shepard aceptó. El hombre le hizo unas preguntas sobre su padre, le mandó saludos y dio por terminada la entrevista.

Afuera, somnoliento por la espera, apoyando su cuerpo fibroso contra una pared circunstancialmente bañada por el sol matutino, lo esperaba Carlos, su mejor amigo, ansioso por saber lo que había pasado. Festejaron fumando un cigarrillo, mirando con gesto desafiante a los hombres de mirada endurecida que trajinaban la mañana montevideana.

-¿Y cuánto te pagan?- preguntó Carlos.

Shepard se encogió de hombros.

-No sé, no me dijo, y no me animé a preguntar.

Carlos cambió el gesto, traduciendo su enojo en una expresión agria.

-¿Sos idiota? ¿Cómo no vas a preguntar eso?

Shepard duplicó el mohín de prescindencia.

-Ya me voy a enterar. Lo que importa es que ya no tengo que ir más a la ferretería.

¿Quién es Shepard? ¿Por qué estaba sentado en esa oficina? ¿Qué historia cuenta su historia? Para contestar estas preguntas debemos irnos varias décadas atrás, mucho tiempo antes de que nuestro héroe remontara las calles de la Nueva Troya buscando trabajo.

Rafael Shepard, el padre de Luis, era nieto de un diplomático inglés que había cambiado la bruma londinense por el lánguido discurrir de la vida en el Río de la Plata, tentado por las caderas de una criolla de cuerpo rotundo y costumbres indecentes; y la fortuna y el abolengo de su estirpe por la ruina provocada por malas inversiones. El padre de Rafael, después de una juventud de privaciones, había alcanzado el sueño del negocio propio, abriendo una ferretería, que al morir pasó a las manos de sus hijos. Rafael, con mucho esfuerzo, exhibiendo una determinación digna de mejores fines, había comprado las partes de propiedad de sus hermanos, desinteresados del negocio. Tiempo después, edificada con ríos de sudor y años de vida, abrió una sucursal. Se casó con las ferreterías, y también con una mujer dispuesta a tolerar el trance del segundo plano. Teresa era dócil, enamorada, paciente, entregada a ser para su marido, y después para su hijo. Asumió su sacrificio como cosa del destino, convencida de que la felicidad podía ser la punta oculta de un ovillo que había que desenredar día tras día, con paciencia, constancia y determinación. Dicho esto, es hora de que el héroe entre en escena.

Luis Shepard nació en una apartada ciudad de un apartado rincón del mundo, lejos aparentemente de donde en realidad pasaban las cosas. Pero los tiempos estaban cambiando, la Suiza de América poco a poco se iba empantanando en las sucesivas crisis y en la nostalgia por un tiempo pasado que estaba ahí nomás, pero irremediablemente perdido. Mientras tanto, el mundo se partía al medio, y la marea de la contienda llegaba a la aldea, difundida por la mágica caja del revolucionario invento llamado televisión. En medio de esas inquietudes, desapercibido, gota de agua en el océano convulsionado de la humanidad, llegó Luis. Creció cobijado bajo la dedicación total de la madre y la mirada distante del padre consagrado al trabajo, desentendido de la crianza, esa cosa de mujeres. Shepard padre, como tantos, todavía creía en el Uruguay batllista, en esa vanguardia ya anacrónica pero que pocos se atrevían a dar por muerta. Luis fue creciendo, ajeno a la agitación ancha y profunda que surcaba el aire a su alrededor, porque Rafael no se metía en cosas raras, y mantenía las contradicciones violentas del entorno alejadas lo más posible de su hogar, y porque a Teresa no le interesaba nada que estuviera más allá de los límites del engranaje de la vida familiar. Todo era de postal, los cumpleaños rodeados de la calidez familiar, las tazas gigantes de cocoa en las mañanas, la moña torcida prendida a la túnica sucia de tantos mediodías. Pero una historia de felicidad total no tiene interés, y esta no va a ser la excepción.

 Una mañana, de aquellas de sus doce años, mientras estaba en clase de Historia, un adscripto interrumpió la clase, pidiéndole que saliera del salón. La cara del funcionario era una máscara azorada que asustó al niño.

-Luis, tu madre tuvo un accidente.

No volvió a verla, ni siquiera muerta, simplemente ya no estaban las caricias de las manos y de la voz, el amor omnipresente, la inagotable calidez, arrebatados por un segundo de injusta distracción del mundo, de pereza de Dios, o de sinsentido cruel. Atrás quedaron un hombre y un niño desorientados, atónitos ante el golpe artero de la vida, incapaces de encontrar una explicación que les brindara el mínimo consuelo de cualquier alivio. Y también incapaces de encontrarse entre ellos. Rafael debió enfrentarse al hecho de que eran dos extraños que habían pasado doce años desconociéndose. Había confundido el efecto unificador que ejercía Teresa en la familia con intimidad y empatía entre él y Luis. Se había desinteresado de la crianza de su hijo, preocupado por mantener y expandir el negocio, y ante la muerte de su esposa se enfrentó a la obligación de asumir esa responsabilidad para la que no estaba preparado. A Luis le empezó a ir mal en el liceo. Faltaba, no estudiaba, mostraba problemas de conducta. Si la vida no tenía sentido, si todo pendía de un hilo que podía romperse en cualquier momento, ¿qué razón había para esforzarse, para saber resolver ecuaciones de segundo grado o cuál era la capital de Bélgica? Su padre pretendía ejercer su autoridad mediante el rigor, pero la situación lo superaba. Cuando Luis repitió cuarto, Rafael lo encaró y discutieron violentamente.

-¡Yo no me rompo el culo trabajando para mantener un vago!

Pobre mediocre, viviendo su vida entre tornillos y caños. Yo no quiero eso, no quiero ver mi vida muriéndose como una vela. Quiero explotar, quiero ser incendio que arrasa la pradera, no velita tímida que tiembla y se apaga con cualquier soplido. Porque después si se te va la vida y no te queda nada es una mierda, ¿para qué?, me pregunto, ¿para qué? ¿Y si me muero mañana, como ella, de un día para el otro? ¿Para qué? Vivir se vive con mayúsculas, y no de otra manera, porque no hay revancha, no hay pelota al medio cuando perdés y se termina el partido.

-Entonces voy a trabajar.- los ojos saltones relampaguearon, desafiantes.

Rafael levantó la mano, como para descargar un golpe. Miró a su hijo, firme en la actitud y en la mirada. El brazo le pesaba. La mano era como un bloque de concreto pesadísimo, cargado gramo por gramo de un cansancio que lo doblegaba.

-Está bien. Vos te pensás que las sabés todas. Te vas a arrepentir algún día de dejar de estudiar. Vas a empezar conmigo en la ferretería, vas a saber lo que es el trabajo. Deslomarte para ganarte la vida te va a venir bien, se te va a bajar el copete, gallito. Mañana a las siete y media tenés que estar levantado.

Así, padre e hijo empezaron a trabajar juntos, pero su relación no se estabilizó. Las peleas se hicieron constantes, porque a Luis no le gustaba seguir las órdenes de su padre. Además, el trabajo en la ferretería le resultaba aburrido.

Dos semanas después del comienzo de Luis en la ferretería, Rafael, al borde de la desesperación, habló con un conocido, dueño de un restaurante, para que le diera una oportunidad a su hijo. Y así llegamos al momento en que Shepard (a partir de ahora lo llamaremos así, dejando que el pobre Rafael ocupe su lugar secundario en esta historia) tuvo la entrevista y consiguió el trabajo.

Al otro día entró por primera vez en una cocina. Nunca había prestado atención a su madre cuando cocinaba, para él comer era un acto sin misterios y cocinar un asunto menor del que se ocupaban las mujeres, casi como un castigo por su condición de tales. Shepard apenas recordaba las manos laboriosas de su madre, manos de sábados y domingos, siempre húmedas en el contacto con las verduras y las carnes, inquietas y precisas sobre las tablas, gigantes sosteniendo la fuente de pasta, abandonando el recinto aromático de la cocina y moviéndose con una solemne alegría hacia el altar de los sacrificios de la mesa del comedor. Las recordaba en las tardes lánguidas de invierno, blancas de harina, como conejos agitados ante el olor de un depredador, inmersas en la confección de un bizcochuelo o de tortas fritas exquisitas. Solo mucho tiempo después Shepard fue capaz de apreciar la belleza de esos momentos, filtrados en el tamiz de los recuerdos. En su joven ceguera había sido incapaz de percibir el milagro subyacente en el dinamismo de esas manos desbordantes de amor. Después, cuando la muerte, con un movimiento rápido de prestidigitador, decidió llevársela, sin tiempo para despedidas o explicaciones, el viudo contrató una mujer para ocuparse de la casa y de la cocina, y las ceremonias de los sábados y domingos no volvieron a ser las mismas, sustraídas de toda magia o misterio, convertidas en simples actos mecánicos, necesarios pero no felices.

Por eso se asombró al ver a aquellos hombres (solo había una mujer entre ellos) ensimismados en limpiar, picar, revolver, condimentar y servir, con una seriedad que Shepard imaginaba apropiada para científicos en un laboratorio, como si en cada uno de esos actos minúsculos se jugaran la vida o el futuro de la humanidad. Su asombro se convirtió inmediatamente en pasión. Algo en su interior entendió que había desembarcado en un continente inmenso, inabarcable, y que era su destino dedicar la vida a su conquista. Monti, el chef, le tomó cariño a ese muchacho que todo lo miraba y preguntaba, iniciándolo, ayudándolo a abrir los ojos y todos los sentidos al arte de hacer arte con los regalos de la naturaleza. Como suele ocurrir, se encontró a sí mismo sin buscarse, trazando con sus pasos el camino por el cual él, y nadie más, tenía permitido caminar. La gastronomía lo atrajo con la gravedad irresistible de un astro de masa infinita, constituido por los eslabones simultáneos del desafío y la gratificación.

Después de un año de aprendizaje, dejó la bacha y pasó a ayudar en la cocina. El joven Shepard absorbía con frenesí los conocimientos de Monti y sus ayudantes. Compraba revistas y libros, que devoraba en sus horas libres. Empezó a cocinar en la casa, ensayando los platos que aprendía en el restaurante y en sus lecturas. Rafael lo veía alejarse de sus anhelos del hijo profesional y de la continuidad de la empresa familiar. Luis nunca quiso saber nada con las ferreterías, primero por orgullo, por la necesidad de abrirse un camino propio en la vida, y después porque encontró algo que le gustaba y a lo cual no podía ni quería sustraerse.

Fuera del trabajo, llevaba la vida de un muchacho normal. El ritual de ir a ver a Danubio los domingos, uno de los pocos en que padre e hijo comulgaban juntos, se cumplía religiosamente. La música era otra de sus aficiones. Un hermano mayor de Carlos lo había iniciado en la apreciación de la sensualidad y rebeldía del rock. Como tantos otros jóvenes, veía en ese género musical algo que lo trascendía, una invitación a la libertad, a una nueva manera de vivir, más auténtica quizás que la que proponían los varones de los tangos que escuchaba su padre.

Y estaba, además, el novedoso territorio de las mujeres.

Unos meses antes de empezar a trabajar, había ido a Pando con Carlos, a escondidas de sus padres, con plata pacientemente robada moneda a moneda. Ahí debutó, con una mujer de nombre artístico Nancy, una matrona rolliza de largo pelo rubio teñido, falso lunar sobre la boca y risa de cacatúa. La ceremonia de iniciación se llevó a cabo en el calor sofocante de un cuarto con olor a naftalina, con el alivio insuficiente de un ventilador que solo removía el aire caliente, haciéndolo chocar contra los cuerpos sudorosos. Shepard vio cómo la mujer se desnudaba sin ceremonias, dejando caer su fláccido cuerpo sobre la cama, esperándolo. Se sacó la ropa con manos temblorosas, sin saber muy bien qué hacer, esperando un movimiento o una orden. Ella lo miró, exagerando el gesto profesional, tantas veces ensayado.

-Qué lindo que sos bebé.- y después, ampliando la sonrisa roja- ¡Qué grande la tenés! Vení.

Se la chupó con eficiencia intachable, teniendo la deferencia de hacer ella el resto del trabajo, quizás enternecida ante la actitud inexperiente del muchacho, cabalgándolo durante un breve lapso antes de que el orgasmo lo alcanzara.

Durante un tiempo pensó que el sexo era una transacción clandestina y despersonalizada, incómodamente necesaria para satisfacer impulsos bestiales, pero sobre todo para dejar establecido ante el mundo que uno es bien macho, y a mucha honra.

Al conseguir trabajo, las excursiones a los quecos se volvieron regulares. En dos de sus compañeros encontró socios para su afición a las putas. Andrés, un peón de cocina, y Víctor, un mozo, lo acompañaban junto a Carlos los sábados (días de cobro), a diversos burdeles de Montevideo y Canelones. Para Shepard era un orgullo que compañeros varios años mayores que él lo consideraran uno más, un compinche para la noche y la bohemia. Para ellos, las mujeres eran instrumentos de placer, identificables como Sharons, Susanas y Raqueles varias. Después, acodados en un mostrador, ensuciándose los dedos de tabaco, o caminando alrededor de una mesa de casín, comparaban performances, atributos y destrezas de la mujer de turno. Pasado un tiempo, tras conocer a Nadia y abandonar el pasatiempo prostibulario, Shepard entendió que sus compañeros disfrutaban realmente de ese tipo de relaciones, libres del lastre de cualquier compromiso. Él las utilizaba como un puente para el aprendizaje de la vida adulta, para sentirse un hombre de diecisiete años.

Segunda Parte: Nadia

Shepard la veía subirse al ómnibus en la parada de 8 de Octubre y Comercio, en el coche de las once y cuarto, casi siempre con la plata justa, flotando sobre los escalones al subir, danzando secretamente para él al girar la cabeza, acomodando el mechón negrísimo que se empecinaba en caer sobre el ojo izquierdo. Se sentaba siempre en el mismo asiento, en el ómnibus semivacío a esa hora, dos o tres filas adelante de él, mostrándole la parte de atrás de la cabeza y los hombros, haciendo rara vez un movimiento que permitía verle el perfil gatuno. Shepard clavaba la vista en esa nuca durante todo el viaje, perdido en ensoñaciones, pasándose de parada a veces. Elegía bajarse por la puerta de adelante, mirándola al pasar junto a ella, deseando que se diera cuenta, que levantara con gracia la cara y le clavara los ojos, curiosos ante la fijeza de su mirada, un poco recelosos quizás. Pero ella no se movía, indefectiblemente concentrada en la lectura de un libro, y Shepard sentía una especie de pinchazo incómodo al tener que dejar de mirarla para bajarse, tratando de fijar el mechón de pelo negro y los esquivos ojos verdes en un rincón protegido de la memoria, para guardarlos hasta el otro día, hasta el momento en que la muchacha subiera en la parada de 8 de Octubre y Comercio, y todo volviera a repetirse.

Un día juntó determinación y decidió bajarse con ella. Cuando el 103 cruzó 18 de Julio y Paraguay, ella se paró, y Shepard, con el corazón arremetiendo contra los barrotes del pecho, hizo lo mismo, parándose atrás. La muchacha se bajó con un ágil movimiento de piernas, apretando la cartera contra el cuerpo y zigzagueando entre el apuro de los transeúntes. Shepard la siguió, sin saber qué hacer, mirándole la nuca, exactamente como en el ómnibus, sin atreverse a bajar la mirada hacia el delgado tallo del cuerpo, que parecía llamarlo con su contoneo. Cruzaron 18 de Julio, enfrentando al viento que trepaba desde el sur. Ella se detuvo antes de llegar a la esquina de San José. Giró, encarándolo, sin que Shepard tuviera tiempo de hacer algo.

-¿Me estás siguiendo?- El verdor de los ojos chisporroteaba, el cuerpo tenso le repetía la pregunta.

-Sí.-contestó Shepard, sin bajar la mirada, sonriendo amistosamente en un intento de no intimidarla.

La respuesta la desconcertó, abrió la boca como para dejar escapar una palabra, entornó los ojos; finalmente, preguntó:

-¿Qué querés?

-Cocinarte. Cocinarte algo.

Shepard la vio reír por primera vez, una risa redonda de notas graves, saliendo como caramelos de miel de su boca.

-¡No me digas! ¿Y qué me vas a cocinar?

-Lo que vos quieras.-dijo Shepard, con flecos de orgullo en la voz, que se agitaron con la brisa que subía desde la rambla.

Ella cambió la expresión, mirándolo con un flamante interés.

Shepard se acercó un paso, internándose en su perfume.

-Soy Luis.

Ella, recuperando su habitual aire de seguridad, contestó:

-Y yo Nadia. Tengo que ir a trabajar.- agregó, señalando un punto indefinido del horizonte.

-Yo también.- dijo él, con tristeza, y luego: - ¿Me das tu teléfono?

Ella empezó a irse, y giró la cabeza para contestar.

-¿Para qué? Si nos vamos a ver mañana en el 103, como todos los días.- Y le lanzó una última mirada de picardía y triunfo antes de perderse calle abajo.

Al día siguiente, conteniendo apenas la corriente de impaciencia que le hormigueaba en el cuerpo, Shepard la vio subir en la parada de siempre, pero esta vez ella le regaló una sonrisa antes de sentarse en el asiento habitual. Shepard caminó hacia ella, bamboleándose con el movimiento del ómnibus.

-Hola.

Los ojos verdes lo miraron, sonrientes como la boca sonriente que también lo miraba.

-Hola.- Ella movió las piernas para dejarlo pasar y sentarse en el asiento contra la ventanilla. Shepard volvió a sentir el galope dentro del pecho, y algo como un puño que se cerraba en su estómago.

Se preguntaron esas cosas que no importan, pero que son las primeras que la gente se pregunta al conocerse: edades, dónde vivían, a qué se dedicaban, signos del Zodíaco.

Nadia era de Salto, tenía dieciocho años igual que él, vivía con la hermana en un apartamento alquilado en La Unión, trabajaba cuidando un niño en el Centro.

-¿Y vos qué hacés?

-Soy cocinero, el mejor cocinero del Uruguay.- dijo Shepard con descaro, dejando ver con su expresión que hablaba en serio.

Ella rió, descreída, contestándole con sorna.

-Deben estar mal las cosas en este país si el mejor cocinero se toma el 103 para ir a trabajar.

Shepard sonrió. Le gustaba mucho.

No son solo esos ojos, los más lindos que yo o cualquiera haya visto, no solo la gracia que irradia desde la punta de los pies hasta el mechón rebelde, pasando por cada tramo de su cuerpo. Es todo, cómo mira, cómo pronuncia las vocales, cómo se ríe. Seguro que es más hermosa aún cuando llora, me gustaría verla llorar alguna vez.

-Soy el mejor, pero no todavía, por eso nadie más que yo lo sabe. Es un secreto.- añadió, susurrando para enfatizar el chiste.

-Bueno, eso tendrás que probarlo.- Nadia arqueó las cejas en un gesto de desafío.

-Cuando quieras.- contestó él, mirándola con expectativa.

-Sorrentinos de jamón y queso. El sábado a las nueve, en mi apartamento.

La tempestad en el pecho, batiendo, golpeando los postigos del alma.

-¡No puedo, mi noche libre es el martes!

-Bueno, que sea el martes. Vos llevás los ingredientes, y acordate que somos tres.

-¿Tres?

-Sí, te dije que vivo con mi hermana.- agregó ella, divertida por el reflejo de desilusión que oscureció la cara de Shepard.- Anotate mi dirección y mi teléfono.

Al otro día, con icónico respeto, le preguntó a Monti la receta, que garabateó nerviosamente a medida que el tano se la iba dictando.

El domingo pasó la tarde con Carlos, que no desperdició la oportunidad de aconsejarlo sobre lo que tenía que hacer en la cita.

-Tenés que demostrarle que sabés de mujeres, tenés que impresionarla, divertirla, si no estás frito.-Carlos se paseaba por el cuarto, gesticulando sus sentencias, concentrado en transmitirle su sabiduría de ocho meses más de vida.

Shepard lo escuchaba sin mirarlo, absorto en la contemplación de las tres cabezas rubias desangeladas que lo miraban desde la portada del "Outlandos d´amour".

-¿Qué tal esto?- preguntó, ignorando la lluvia del discurso.

Carlos lo miró frunciendo los labios, bajando la vista hasta el rectángulo de cartón que Shepard sostenía en las manos, y contestando, con el aplomo de un crítico experto:

-Una bomba, tenés que escuchar eso, tenés que escucharlos.

Carlos no detuvo su vaivén sobre el piso de la habitación ni aun cuando la voz chillona de Sting se desató en el aire, enroscándose furiosa contra el repiqueteo asombroso de la batería de Copeland.

-No tenés que mostrar mucho interés, ¿ta claro?, vos como si nada, como si no te moviera un pelo.

Shepard no lo escuchaba, los ojos cerrados, entregado al manjar crudo de la música desencadenada y salvaje que lo sacudía.

-Haceme caso, yo sé lo que te digo.

Estuvo toda la mañana del martes memorizando la receta, paso a paso, repitiéndola con la voz de Monti para no olvidarse de ningún detalle.

Rafael vio con curiosidad cómo su hijo salía después del almuerzo y volvía rato después con bolsas llenas de comestibles.

-¿Para qué es eso?-preguntó, intrigado.

Le contó de Nadia, entre radiante y avergonzado. Rafael veía crecer a su hijo exponencialmente, minuto a minuto. Reconocía que el restaurante le había hecho bien, estaba cambiado, había recuperado la alegría de vivir, y su relación ya no era aquél enfrentamiento constante del tiempo posterior a la muerte de Teresa. Y ahora, una novia. Se había enderezado después de todo, sí señor.

Lo vio aprontarse con manos nerviosas como libélulas, gastando el espejo de tanto mirarse, entre compungido y feliz, lidiando inútilmente con la mata de pelo rebelde, hasta que la puerta se cerró dejándolo irse, cargado de comida y de ilusiones a medio cocinar.

Se tomó un 103, distinto esta vez, marchando con la cadencia de lo inminente, con un traqueteo casi dulce, casi glorioso.

Tuvo que dejar una bolsa apoyada contra el piso irregular de la vereda para tocar el timbre.

La cara de Nadia apareció atrás del telón de la puerta, nerviosa, radiante, quizás excesivamente maquillada pero no por eso menos encantadora.

-¡Hola!- Lo miró desde el centro de su inocencia y de su atracción, vacilando un instante antes de ofrecerse a ayudarlo con las bolsas.

Shepard entró a un living sobriamente decorado, de paredes ocres salpicadas de fotos familiares enmarcadas y un amplio cuadro abstracto de formas hindúes en el medio de la pared de enfrente a la puerta de entrada. Un sillón color salmón, de dos cuerpos y anchos brazos albergaba a una mujer membruda y flaca que en esos momentos quitaba la vista del televisor para mirarlo.

Se saludaron, Shepard sintiéndose examinado por los ojos de Selva, la hermana de Nadia. Después de los mucho gusto encantada le ofrecieron un vaso de cerveza y un lugar en otro sillón, dispuesto en ángulo recto con el que ellas ocupaban.

Hablaron de cocina, de Salto, de las termas. Shepard, disimulando el orgullo, les dio algunas recetas y les reveló algunos secretos culinarios. En el blanquinegro mosaico de la pantalla del televisor, al son de marchas estridentes y machaconas, aparecieron unos hombres de uniforme y gestos adustos hablando del buen rumbo que le estaban dando a la patria.

Selva se levantó y apagó el aparato con un gesto de rabia, dejando el discurso a medio pronunciar.

-¡Milicos de mierda!

Shepard sintió un golpe de calor en las mejillas, bajó la vista hacia el vaso de cerveza y dio un sorbo. ¿Serían comunistas? Decidió moverse inmediatamente a un territorio más cómodo.

-Bueno, ¿qué les parece si empiezo con la cena? ¿Dónde está la cocina?

Lo miraron hacer, ayudándolo a su pedido, admirando el aplomo con que el muchacho se desenvolvía, sabiendo exactamente qué pasos dar y con qué secuencia. Amasó con deleite, dejando que la harina le ensuciara las manos y el delantal, con ganas de cantar.

-¿Y si escuchamos algo de música?

Nadia se movió, abriendo la puerta de un mueble, mirando dentro por unos segundos, sacando un disco que lucía enorme sostenido por sus pequeñas manos.

Terminó de amasar mecido por la voz profunda de Nino Bravo, con las muchachas contoneándose con sus vasos de cerveza en la mano, manchadas sus paredes por la espuma fresca que lentamente se iba desvaneciendo y pegando al vidrio.

-Pronto.

Shepard sirvió los platos generosamente, y esperó con expectación a que las hermanas se internaran en el aroma de los sorrentinos, intrigadas y ávidas. Nadia hundió el cuchillo en el ecuador de uno y pescó uno de los hemisferios con el tenedor. Se lo llevó a la boca, masticó, saboreó, una sonrisa burbujeó en su cara. Miró a Shepard con ella aún tibia entre sus labios.

-No está mal.

Selva repitió la operación. Miró a su hermana y le dijo, con tono de convicción:

-Casate.

No se casaron, pero no se separaron durante los siguientes cuatro años. La primera consecuencia del noviazgo fue el final de las aventuras prostibularias del joven Shepard. Al otro día, como siempre, Andrés y Víctor vaticinaban los pormenores de la salida sabatina al putero. Shepard, como no dándole importancia al asunto, les dijo que no iba.

Andrés lo miró con gesto intrigado.

-¿Por qué?

-Tengo otros planes.-dijo, sin dar el brazo a torcer ante la curiosidad de los compañeros.

-Ah, pillín. ¿Así que tenés una cita?- Los otros se miraron con complicidad, intercambiando sonrisas socarronas.

-Sí.- contestó, con satisfacción, sintiendo un fuego incómodo inflamarse en sus mejillas.

Víctor sacudió la cabeza, como otorgándole el perdón por un error irremediable.

-¿Quién es?

Shepard les contó sobre Nadia, como restándole importancia al asunto, con cara de estar acostumbrado a esas cuestiones.

-Qué necesidad de complicarte la vida, loco, las putas son lo más grande que hay, ellas no te joden con exigencias, no te preguntan nada, no se ponen celosas, hacen todo lo que les pedís.

Los compañeros de Shepard coronaron la exposición filosófica con una carcajada sucia, que le mojó la sonrisa falsa que le enmascaraba el embarazo ante la traición cometida.

Con Nadia, Shepard descubrió que una mujer podía ser algo más que un pasatiempo, distinto a un artículo que se alquila durante una hora para solaz sin compromiso. Nadia era la menor de tres hermanos, y había llegado de Salto, apenas cumplidos los dieciocho años, buscando liberarse del control asfixiante de unos padres mayores y con mentalidad pueblerina, con la excusa de estudiar Derecho en la universidad. No llegó a completar un semestre de estudios antes de abandonarlos y buscar un trabajo. Era caprichosa y de humor cambiante, coqueta, generalmente perezosa pero capaz de aplicar todas sus energías a los requerimientos de las circunstancias o de sus caprichos. Se enamoró de Shepard, de cada una de sus partes y de la suma de ellas: de su historia trágica, de su pasión, de su ambición, de su capacidad para soñar, de sus promesas de felicidad y del sentimiento desconocido de refugio que le generaban sus abrazos y sus besos. Se fueron nutriendo mutuamente, creciendo en los descubrimientos diarios propios de su edad, abriéndose a dejarse encontrar por el otro, polinizándose en las charlas nocturnas y en los rituales de la piel recién amanecida.

Dos años después de haberse conocido, Selva se recibió de enfermera y se volvió a Salto. Shepard pasó a vivir con Nadia en el apartamento de La Unión. Entonces, sin que se dieran cuenta, los jóvenes se hicieron hombre y mujer. Él pasó de la vida regalada bajo el ala de su padre a hacerse cargo de las responsabilidades de un hogar. Nadia pasó de ser la noviecita a ser la compañera. Shepard estaba hasta cierto punto satisfecho. Había sorteado la dependencia de su padre, se había abierto paso solo, era amado por una mujer hermosa y solidaria. La juventud, el mundo y adyacencias se le revelaban como tierra fértil donde cultivar el triunfo. ¿Qué, entonces, podía detenerlo en el camino hacia el lugar exacto al que quería llegar?

Tres años después de la llegada de Shepard, Monti dejó el restaurante, tentado por una oferta de trabajo en Buenos Aires. Contrataron a otro cocinero, que se reveló mucho menos proclive que su antecesor a compartir sus conocimientos. Robledo era un tipo desconfiado, poco social y demasiado bien pagado de sí mismo. Con Shepard establecieron inmediatamente una antipatía mutua sin remedio. Este, viendo más allá de la circunstancial contrariedad, se dio cuenta de que sin estudios, ni contactos en el ambiente, ni padrinos, siendo casi un autodidacta con poca experiencia, era muy arduo el camino que tenía por delante para el éxito. Era un jugador de segunda línea en una liga menor, y él aspiraba a estar entre los grandes, a jugar en la cancha grande de la gastronomía internacional.

Esa fue la primera semilla de algo que fue creciendo con los años, con cada contratiempo que se cruzaba en su camino: el deseo de viajar a Europa a aprender y trabajar, y conocer tal vez a los genios de la Nouvelle Cuisine, escuela que hacía furor en el viejo continente, revolucionando los cimientos de la gastronomía tradicional. Shepard leía artículos especializados sobre Bocuse, Guérard, genios revolucionarios que elevaban el milenario y modesto ritual de la cocina a pináculos de renovación artística desconocidos hasta entonces, y soñaba con estar entre ellos, con mamar de su genio e ir más allá, creando su propia escuela tal vez, grabando a fuego su nombre entre los grandes chefs de todos los tiempos.

Shepard amaba a Nadia, pero su amor no podía compararse con su ambición. Su impaciencia iba aumentando con cada día que pasaba. Los problemas en el trabajo repercutían en su relación. Robledo era, a su juicio, un gallego pedante, con el que chocaba habitualmente. Así pasaron casi dos años, teñidos por una atmósfera tensa, hasta que una noche se precipitó todo. Robledo, de mala manera, le pidió que marcara unos capelettis. Shepard fingió no escucharlo, siguiendo con lo que estaba haciendo en ese momento. Robledo se le plantó al lado, con la cara desfigurada de odio y blandiendo una cuchilla cerca de su cara.

-¿No me escuchaste, perro?

Shepard se detuvo, girando la cabeza y mirándolo con displicencia, acentuada por ser un palmo más alto que el gallego.

-¿Me hablás a mí?- preguntó secamente, sin dejar de mirarlo.

-¿Y a quién más? Eres el único perro presumido que veo...

No pudo terminar la frase. El cuerpo de Shepard se lo llevó por delante, y terminaron en el suelo, enroscados como una boa y un caimán, revolcándose hasta que los separaron.

Nadia tuvo un presentimiento. Hacía semanas que Shepard casi no le hablaba, llegaba de mal humor y se encerraba a leer hasta las cuatro o cinco de la mañana. Cuando ella intentaba hablar, él se ponía discutidor y terminaban peleando.

Esa noche, él la llamó. Tenía la voz rara. Le dijo que al salir del trabajo iba a ir a hablar con su padre, que no lo esperara levantada. Nadia quiso saber qué pasaba, pero él se negó a decirle nada más, excepto que hablarían al otro día.

Nadia se acostó después de cenar, pero no pudo dormir. El presentimiento crecía como una hiedra en una pared oscura, llenándola de inquietudes.

Shepard llegó cerca de las dos de la mañana. Ella se le abalanzó como una fiera a su presa, aunque Shepard distaba mucho de parecer un cervatillo indefenso.

-¿Qué pasa Luis? ¿Por qué fuiste tan tarde a lo de tu padre?

Él la miró con cara de niño atrapado cometiendo una travesura.

-Me echaron del restaurante. Me agarré a trompadas con Robledo.

Nadia lo miró sin decir nada, con el cuerpo expectante a la continuación de sus palabras, como si la introducción fuera algo que ya supiera y no la sorprendiera en absoluto.

Shepard se detuvo un instante, la miró y se entregó a la resignación de seguir diciendo lo inevitable.

-Fui a a hablar con mi padre. Lo convencí de que me prestara plata. Me voy a Europa, a estudiar y trabajar.

Siguió hablando después de la confesión, temeroso de las consecuencias de detenerse en ese momento.

-Acá nunca voy a ser nadie, no quien quiero ser. En este país no hay futuro para mí. Nadia, tengo que salir de acá porque me voy a consumir en mi propia desesperación. Esto es una aldea, la más apartada e insignificante aldea del mundo. El corazón de la gastronomía, el motor, la historia, todo lo que quiero está allá.

Ella lo apuñaló con una mirada dura de indignación y sorpresa.

-¿Te vas? ¿Dijiste que te vas? ¿Y yo?

No puedo decirle la verdad. No puedo decirle que hay algo más importante para mí que ella. Lo sabe, yo lo sé, pero no puedo cruzar la frontera de lo no dicho, porque una vez que lo haga ya no habrá esperanza para nosotros.

-Solo tengo plata para un pasaje, y ahorros como para mantenerme unas semanas sin trabajar. Linda, yo te quiero. Cuando vuelva todo va a ser como al principio. Con lo que aprenda allá voy a poder conseguir algo mucho mejor. ¿Te das cuenta de que acá me estoy consumiendo en vida? Eso me tiene mal, vos sabés bien, y antes de que te canses de mí me parece que lo mejor es que yo me vaya.

Ella tensó el cuerpo como un arco, lanzándole las palabras.

-Me estás dejando...- Abrió la boca, que se le llenó de asombro.-Hijo de puta, me estás dejando.-Hablaba en un susurro, más acusatorio y ominoso que cualquier grito. Se detuvo, levantó la cabeza en un gesto de rabia y desafío.-Podías haber buscado otra excusa.

Shepard gesticuló, pidiendo clemencia sin decirlo.

-No es una excusa. Vos sabés, es mi vida. Es lo que me gusta...

-¿Y yo qué soy?- Interrumpió ella levantando la voz.

Shepard calló, tragó saliva.

-Vos sos...

-¡No lo digas!- La furia viboreó en su cara.

Se miraron. Nadia permaneció inmóvil como el ojo de un huracán.

-No voy a esperarte, Luis. Ni lo sueñes. ¡Ni lo sueñes! Y andate de mi casa.

No contestó. El parpadeo de una duda se le cruzó por la cabeza durante un segundo, pero después, evitando mirarla, tragándose las ganas de llorar, fue al cuarto y empezó a llenar de ropa una valija.

¿Es bueno, Shepard, que seas así? ¿Para quién es bueno? ¿Para quién es bueno que avances dejando tierra arrasada a tu paso, sin tomar prisioneros? Tu padre, Nadia, nadie es capaz de detenerte, nadie vale la pena. ¿Vos valés la pena? ¿Lo valés?

La pasión. La pasión lo justifica todo. Querés más y más y más. Vanidad, egoísmo, y tierra arrasada.

Inició el aprendizaje en Madrid. Se hizo amigo de unos peruanos, que lo llevaron con ellos a Barcelona primero, y a París después. Allí trabajó en un café, donde aprendió los secretos de la panadería francesa. Al principio escribía a Nadia dos veces por semana. Nunca recibió respuesta. Después, las cartas se fueron espaciando. Finalmente, cuando se relacionó con una francesa por unos meses, dejó de escribir. Nadia se convirtió en un recuerdo que la memoria sacaba de su armario de vez en cuando, estimulada por algún aroma, alguna palabra o algún mechón de pelo negro agitado por el viento. Cuando dejó París ni siquiera le avisó.

Hizo cursos en Italia y España. Recorrió las grandes ciudades y las pequeñas villas en un periplo de descubrimientos permanentes, llenando cuadernos de recetas y apuntes. Europa era un manantial inabarcable de sabores, aromas, secretos milenarios transmitidos de generación en generación, conviviendo con la aparición permanente de novedades. Shepard sentía que hasta ese momento había vivido ciego a la verdadera riqueza de la gastronomía, como un pez en el fondo del mar que desconoce la existencia del cielo. El muchacho de La Curva, el criollo del apellido raro, el que de inglés tenía nada más que el árbol genealógico y la palidez casi enfermiza de la piel, despertando al asombro del conocimiento. Junto con el aprendizaje, vivió la bohemia, noches interminables de vino y sexo, entregándose al desenfreno bajo las luces del anonimato, descubriendo una parte suya que permanecía latente, constreñida bajo el peso de su relación con Nadia. Perdió la noción del paso del tiempo, así transcurrieron los años desde su partida. En Valencia, finalmente, lo contrataron para estar al frente de una cocina de un pequeño restaurante. Tenía veinticuatro años. Se sentía en el paraíso dirigiendo a media docena de hombres y mujeres experimentados que aceptaban someter su esfuerzo, experiencia y conocimientos a su dirección. Shepard no desaprovechó la oportunidad, y entregó todo de sí a su trabajo, ganándose el respeto de sus subordinados y, más importante, para él, la satisfacción de los comensales, entre quienes su nombre fue creciendo en fama.

El aplauso. Sentirse Picasso. Sentirse Beethoven. Darles a las personas el placer de un oasis en sus vidas rutinarias, muchas veces miserables, acercándolas al éxtasis. Sentirse único. Eso era lo que Shepard deseaba más que nada en el mundo. Sentirse único.

Viviendo su sueño olvidó lo que había dejado océano de por medio, hasta que una madrugada lo despertó una llamada de Montevideo.

-Hola.

-Hola. ¿Luis?

La voz sonaba impersonal y velada, haciéndole imposible poder reconocerla.

-Sí, ¿quién habla?

-Soy tu tío Ricardo. Perdoná que te llame a esta hora, estuve llamando más temprano pero no pude ubicarte. Tengo malas noticias.

-¿Qué pasó?- Crispó la mano sobre el tubo del teléfono, como si eso pudiera acelerar la respuesta de su tío.

-Es sobre tu padre. Él no quería decirte nada, sabés cómo es. Empezó con tos hace meses, y le faltaba el aire, pero no quería ir al médico. Al final, tanto le hablamos que lo convencimos. Le diagnosticaron cáncer de pulmón, Luis. Bastante avanzado, no hay mucho que hacer.

Decidió volver a Uruguay para estar junto a su padre en su lucha.

Ese hombre de ojos tristes que es todo lo que tenés en el mundo, y que te encargaste de castigar cada día desde la muerte de tu madre, por una culpa inextinguible, cómplice con la vida misma y su indiferencia ante la tragedia. Ese hombre que no volvió a casarse, al que la viudez confinó tácitamente al trabajo y a vos; al que le conociste alguna novia medio de casualidad, porque nunca las llevó a la casa. Nunca supiste si no podía volver a enamorarse, o si tenía miedo, o si la marca de agua de tristeza grabada en las comisuras y en la mirada asustaba a las mujeres.

En menos de un año la enfermedad se le llevó las fuerzas, las ganas de vivir, y finalmente la vida.

Durante ese lapso, Luis se consagró a acompañar a Rafael en la administración de las ferreterías, y se hizo cargo de ellas cuando aquel ya no pudo ocuparse de otra cosa que no fuera de luchar por su vida. Por primera vez se olvidó de sí mismo; la vida de su padre, el negocio de su padre fueron el centro de sus preocupaciones durante esos meses.

Cuando ya no hubo forma de que siguieran mintiéndose mediante el silencio, y debieron asumir, sin decirlo, que la enfermedad era irreversible, Rafael, ya postrado en una cama, quiso hablar con su hijo.

-Hijo, lamento que nuestra relación no haya sido mejor. Lamento no haber sido un mejor padre.

No quiero escucharlo. No quiero escuchar eso. Ahora no importa el arrepentimiento. Quizás yo debería haber sido un mejor hijo. Quizás no pudimos, ¿qué importa ahora?

-Me alegro mucho de que hagas lo que te gusta. Al principio, vos sabés, me dolía, quería que siguieras con lo que tanto nos costó construir a tu abuelo y a mí. Todavía me gustaría que lo hicieras.- La boca se movía como la de un efecto animado, independiente de la rigidez de la cara consumida, de la fijeza de los ojos opacos.

-Papá…

-Ya sé.- La boca volvió a ondular brevemente antes de quedar sellada.

Lo vio apagarse, obligándose a respetar al dolor. Cada día él se iba un poco más, y Shepard veía irse aquellas salidas de los domingos, al zoológico, a la rambla o al fútbol, cuando Rafael se decidía a cerrar la ferretería y asumir, con más envaramiento y solemnidad que alegría, su rol de cabeza de familia; veía irse la primera camiseta de Danubio, que usó hasta que no le entraba; veía disiparse los remanentes de aquella tríada feliz de alguna vez, quizás en otra vida; tan lejanos le parecían esos recuerdos.

Llegó una noche en que la muerte dijo lo que tenía que decir. Rafael se fue siendo coherente con la forma en que había vivido, silenciosamente, en puntas de pie, esperando que el mundo se durmiera para no molestar.

Sentado ante el cuerpo pálido, ante las ruinas del hombre que recordaba, Shepard se preguntaba si el muerto le había dejado algo. Pensó que en realidad él no era culpable, que había sido ella la que al morirse lo había privado de su padre, llenándolo de una culpa subterránea pero feroz. Entonces, el hombre que él culpabilizó toda su vida era en realidad la víctima, y ahora ya no habría oportunidad de redención. Recordó los momentos felices, aquellos en los que habían logrado establecer una tregua precaria, olvidando por unos días, entregándose a otro vínculo posible, libre de todo lastre, abierto a la posibilidad del amor. Con una sensación de horror recorriéndole la espina sospechó que el muerto no había sido feliz, que no había sabido serlo, y que el destino no lo había ayudado a serlo.

Un amigo en común con Nadia le preguntó si quería que le avisara de la hora y el lugar del velorio. Dijo que sí, Nadia y su padre habían tenido un vínculo de cariño mutuo, cimentado tal vez en sus comunes carencias afectivas; entonces, le pareció adecuado darle a ella la posibilidad de despedirlo. Después de cinco años volvieron a verse, en un reencuentro muy diferente al que Shepard había imaginado muchas veces. La charla no pasó del formulismo del pésame. La encontró madura, hecha una mujer, lejos de la casi niña que se subía al 103 de las once y cuarto. Nadia saludó a los deudos, estuvo el tiempo suficiente como para que se consideraran dados sus respetos al muerto y se fue, saludándolo con el mismo distanciamiento.

Después del entierro, Shepard empezó a ser asediado por las ganas de verla. Llamó a un amigo en común, quien le dijo que ella estaba con alguien, que había sufrido mucho cuando él se fue y que por lo tanto lo mejor que podía hacer era mantenerse lejos.

Esto lo frenó, pero solo por unos días. Liberado de la disciplina a que lo sometía el cuidado del enfermo, empezó a revivir en Montevideo las noches de Europa. Bares, discotecas y cabarets variopintos vieron desfilar su pálida figura, infalible en las horas oscuras. Buscó sacudirse la tristeza de la pérdida haciéndose amigo de la noche, de mujeres de vida fácil y de hombres de amistad igual de fácil.

Una madrugada, indistinguible de cualquier otra de ese período, despertó sudoroso y con un miedo frío rodeándolo. Una mujer desconocida dormía su borrachera a su lado. Se levantó, tambaleante, a servirse un whisky y prender un cigarro. La noche hablaba su idioma de silencios sabios, diciéndole cosas que lo hacían aferrar el vaso con fuerza. No lograba sacarse a Nadia de la cabeza. Recordó, retomando un ejercicio conocido, el mechón cayendo sobre el ojo verde, imagen familiar que lo llenaba de melancolía. La extrañaba, ahora sí, como no lo había hecho en Europa, cinco años después extrañaba la vida plácida, de rutinas acogedoras, de perfumes caseros, sencillos y amables. Extrañaba la estabilidad que Nadia le ofrecía, su misteriosa capacidad de mantenerlo centrado y de hacer que el tiempo no fuera un puñal envenenado de tedio.

Se sintió despertar, por segunda vez en la noche, esta vez a la vida verdadera, que lo llamaba en silencio pero con una atracción irresistible, señalándole con el ovillo del hastío la salida del laberinto nihilista en el que se había internado. Tomó la determinación de verla y hablar con ella en un contexto más favorable que el de su último encuentro.

Averiguó dónde trabajaba y una tarde fue a esperarla a la salida. Era secretaria en una empresa en el Centro, a pocas cuadras del lugar donde habían tenido su primera conversación. A las cinco de la tarde la vio surgir de la boca del edificio, cortando el aire con pasos seguros. Antes de poder hacer o decir algo, vio cómo un muchacho se acercaba y la besaba. Shepard los miró, con las manos y la derrota apretadas en los bolsillos. Miró el cuerpo flaco y alto inclinándose sobre el mechón negro, sintiendo el beso como un golpe en su línea de flotación. Se separaron, y entonces Nadia lo vio, intermitente entre las siluetas de los transeúntes. Los ojos verdes se abrieron, desorientados y asustados. El hombre se dio cuenta de que algo pasaba, y giró el cuerpo siguiendo la dirección de la mirada de Nadia, pero Shepard ya se había movido, desapareciendo entre la multitud antes de que él pudiera verlo.

Al otro día se repitió la situación, pero esta vez Shepard estaba prevenido, y se ubicó más lejos, de forma que la pareja no pudiera verlo.

La tercera tarde, por fin, el novio no se presentó.

Caminó hacia ella, de cara a la incertidumbre y a la promesa, como aquella vez en el 103, nueve años antes.

-¡Nadia!

Ella se quedó paralizada, mirándolo con algo parecido al pánico.

-¿Qué hacés acá? ¿Qué querés?

-Hablar.-dijo él.

Nadia le dio la espalda sin agregar palabra, y empezó a irse. Shepard corrió, adelantándola y enfrentándola.

-¡No tenemos nada de que hablar!- dijo ella, bordeando el grito.

-Nadia, por favor, dame quince minutos.

-No, Luis, ya no tengo quince minutos para vos. Vos elegiste cuando tuviste oportunidad, ahora es tarde. Yo estoy con alguien, y aunque no estuviera, no quiero verte más. Entendelo.

-Podemos empezar de nuevo.- La voz de Shepard, por el contrario, era débil, casi un susurro.

Una carcajada histérica le barrió la cara.

-¿Empezar de nuevo? ¿Hasta que te aburras otra vez? No vas a volver a jugar conmigo.

-No, ahora me quedo acá. Voy a vender las ferreterías...

-¡No me interesa! Adiós, Luis.-Unas lágrimas incipientes le humedecían los ojos.

Se fue, empequeñeciéndose segundo a segundo, diluyéndose entre la gente como la bruma en un amanecer de verano. Shepard vio cómo su juventud se alejaba, arrastrando sobre las baldosas la boca sangrante de las promesas arrebatadas al primer amor. Se quedó solo, rodeado de gente que lo esquivaba sin mirarlo para llegar a su destino.

Como tantas veces, Carlos fue su confesor y su psicólogo. Botella de whisky y cigarros de por medio diseccionaron al fracaso sobre una mesa de bar.

-¿Esperabas el perdón, borrón y cuenta nueva? No podés desaparecer de la vida de una persona y después volver como si nada, pensando alegremente que las cicatrices van a estar cerradas.

Carlos no le tenía compasión, le decía lo que tenía que decirle, machacando sobre el clavo tantas veces como lo considerara necesario.

-Y lo que te dijo estuvo perfecto. Vos elegiste, con las consecuencias del caso. Gringo, está lleno de mujeres, abrí los ojos, mirá a tu alrededor. Estirás la mano y agarrás una con los ojos cerrados. No jodas, no te encapriches.

Shepard dejó escapar un suspiro resignado. Los ojos se le perdieron más allá de los vidrios sucios de la ventana del bar, enredándose entre las piernas nerviosas y anónimas que se dirigían quién sabe a dónde.

Shepard puso el disco sobre la bandeja, viendo cómo empezaba a rodar soltando el característico chisporroteo. Era sábado. Afuera había un país que intentaba levantarse después de un invierno largo y atroz; incapaz de resolver sus contradicciones, pero esperanzado, con una esperanza inconsciente, desorientada, temerosa de tomar un rumbo determinado.

Él permanecía ajeno a esa efervescencia, sus pensamientos discurrían por planos diferentes al social y al histórico. Con el cadáver de su padre recién sepultado, había decidido vender las ferreterías y lanzarse a la aventura del restaurante propio.

Se sirvió un dedo de Johnnie Walker y se recostó en el sillón, acompañando con un vaivén del cigarrillo que sostenía en la mano las filigranas de la guitarra de Mark Knopfler, que flotaban a su alrededor.

El sonido del timbre lo sacó de su ensimismamiento. Dejó el vaso sobre la mesa ratona y fue a abrir.

Se dio de frente con los ojos hinchados de Nadia, y el mechón que caía más salvaje que nunca sobre su frente. Las enrojecidas pupilas lo miraron desde el umbral con una tristeza feroz.

-Terminé con mi novio.- dijo, levantando la cabeza desafiante.

Él no habló, buscó con su mano la de ella y la atrajo hacia sí con un movimiento brusco, apretando sus cuerpos, soltando el abrazo tanto tiempo reprimido, que corrió sobre sus pieles como una fiera liberada.

Los meses siguientes fueron los más intensos y felices de su relación. Se dedicaron a reencontrarse, día tras día, reconstruyéndose en el otro, buscando desesperadamente recuperar el tiempo, los años de ausencia, de evocación, de nostalgia mutua. Se exploraban los gestos nuevos, los cambios epidérmicos, óseos, gramaticales, deleitándose en la conquista de esos territorios novedosos. Nadia estuvo dispuesta a bajar la bandera del resentimiento, pagando el precio del perdón para recuperarlo. Shepard se dejó perdonar, agradecido, y no pasó mucho tiempo antes de que convergieran sobre la idea del matrimonio. La fase del reencuentro alcanzó su clímax con el casamiento. Salieron del registro civil como una pareja feliz que había confirmado ante la sociedad el vínculo que los unía, enfrentando al futuro con la seguridad de que estaban hechos para merecerlo.

Shepard abrió el restaurante con lo producido por la venta de las ferreterías, alquilando un local en la rambla de Punta Gorda, decidido desde el principio a sacudir la modorra del ambiente provinciano de Montevideo. Nadia fue la fiel lugarteniente en esos comienzos inciertos, cuando la pareja dejó de girar sobre sí misma para dedicarse con alma y vida al proyecto. Casi no dormían en esos tiempos, obsesionados con la construcción de un emprendimiento viable y novedoso. Shepard no quería dejar nada librado al azar, desde la elaboración de la carta, la elección de proveedores confiables que fueran capaces de suministrar materias primas de primera calidad, la elección y entrenamiento de los recursos humanos, el diseño físico del local, los aspectos financieros y de marketing. Durante casi un año debieron conformarse con no perder, enfocados en la búsqueda de hacer sustentable al negocio. Después, poco a poco, el panorama se fue aclarando.

En el ambiente se empezó a hablar de ese joven chef que demostraba que había aprovechado bien sus estudios europeos. El restaurante se transformó en uno de los puntos obligados de concurrencia de los esnobs montevideanos. Shepard empezó a escribir artículos para revistas especializadas y hasta se dio el gusto de editar un libro.

Una vez lograda la estabilidad del negocio, Nadia fue alejándose de su administración. Paradójicamente, una sombra llamada prosperidad empezó a proyectarse sobre la relación. Shepard había llevado una vida relativamente cómoda, gracias a las buenas cualidades comerciales y la capacidad de trabajo de su padre. Además, estaba absorbido por la gestión del restaurante y su lucha por el reconocimiento en el ambiente gastronómico. Pero Nadia, en cambio, nunca había conocido los encantos de la vida holgada. Su amor por Shepard y su fe en él le habían dado la motivación suficiente para asumir su emprendimiento como propio mientras fue necesario. Una vez que Shepard pudo ocuparse solo del negocio, ella comenzó a perder interés, y a ganarlo en disfrutar de los beneficios generados. Sin quererlo, ese cambio de actitud fue creando las brechas, al principio imperceptibles, que con el tiempo pondrían en crisis la pareja. Nadia pasó a ocuparse de la flamante casa comprada en cuotas, empezó a estudiar inglés, a tomar clases de baile y a hacer yoga. Aun así le quedaba mucho tiempo libre que invertía en gastar en ropa, zapatos y perfumes el dinero que ganaba Shepard. Se convirtió en una mujer fina, atenta a los vaivenes de la moda, preocupada por el peinado, el peso, la información sobre los libros más vendidos y los lugares que la "gente bien" debía, sí o sí, visitar. Se olvidó prácticamente de sus viejas amistades, empezando a codearse con mujeres y hombres con glamour, desesperada por parecerse a ellos. Shepard, que solo tenía fineza para lo que le interesaba, es decir su oficio, veía cómo iban perdiendo gustos en común, lo que hacía que cada vez pasaran menos tiempo juntos, cada uno haciendo por su lado las cosas que los motivaban.

Se fueron empantanando en la rutina inadvertidamente, cruzando la frontera de los treinta, volviéndose adultos comunes y corrientes, un matrimonio convencional unido y separado al mismo tiempo por la inercia del acostumbramiento y el declive de los sentimientos que los habían sacudido en sus primeros años, preocupados y ocupados en cuotas, vencimientos, estatus y otras yerbas. Su relación empezó a oscilar entre el adormecimiento y la indiferencia. Sus conversaciones se repetían como siguiendo un libreto, respetando los límites de la amabilidad, la tolerancia y un mutuo desinterés adornado de cortesía. No es que hubieran dejado de quererse, pero su amor iba perdiendo densidad, ya no era aquel amor que los atraía hacia su centro con una fuerza centrípeta irresistible, ahora ya no les bastaba con dejarse caer hacia el amor, habían empezado a alejarse de él como continentes moviéndose en una deriva perceptible solamente después de milenios. Esa misma lentitud, esa falta de espectacularidad propia de la inercia era lo que volvía peligrosa su situación: cuando se dieran cuenta, estarían ya muy lejos uno del otro.

Una tarde, mientras leían, separados por unos pocos centímetros, a miles de vidas de distancia, Nadia le hizo una invitación.

-¿Vamos a bailar?

Shepard la miró, parpadeante, esperando una explicación.

-Hablamos con Tati de ir a bailar el fin de semana. Ella con el esposo y nosotros. ¿Qué decís?

Se sorprendió del lustre entusiasta con que la voz y la mirada coincidían sobre él.

-¿Quién es Tati?

Nadia lo acusó con la mirada primero, el conocido relampagueo verde de desaprobación.

-Mi compañera de pádel, hace dos meses que jugamos juntas, ya te he hablado de ella, ya veo cómo me escuchás cuando hablo.

Shepard dejó que se apagara la chispa, sin avivarla, evitando el riesgo de una discusión.

-Tenés razón, ya me acuerdo. La psicóloga, ¿no? ¿A bailar? ¿Te parece? Yo salgo cansado de trabajar, no me parece que sea buena idea.

Nadia ignoró el pero y redobló la apuesta.

-Parecés un viejo de ochenta años. ¿Cuánto hace que no vamos a bailar? Ya ni me acuerdo. Vamos, así hacemos algo distinto.

No se le ocurrió nada que objetar a semejantes argumentos. Así que el sábado dejó a un empleado de confianza a cargo del restaurante y salió un rato antes. Se encontraron con Tati y su esposo en el baile. En el momento en que entraron, Shepard se arrepintió de haber cedido al pedido de Nadia. El volumen de la música le pareció excesivo, el lugar estaba atestado de gente, de tal forma que apenas había sitio para moverse. Comprar un trago llevaba quince minutos, y entrar al baño otro tanto. Shepard se asombró de su propia incomodidad. Apenas unos pocos años antes ese había sido su hábitat, la sangre se le saturaba de adrenalina al pisar un baile, se sentía como un cazador internándose en la jungla. Para peor, el esposo de Tati era un fanático de las motos, y parecía no tener otro tema de conversación. Mientras tanto, Nadia acariciaba el cielo, bailando y riéndose continuamente, ignorando su aburrimiento. Shepard vio las miradas de los hombres hacia su mujer, vio el deseo en ellas. Miró a Nadia. Era una mujer espectacular, su agreste belleza juvenil se había pulido, en base a horas de gimnasio, la adquisición de formas de mirar, de caminar, de reír, propias de una mujer madura, segura de sí misma y consciente del efecto que causa en los demás. Había aprendido los secretos del maquillaje y de la elegancia en el vestir. Su belleza contaba con la asistencia solidaria de las múltiples cremas para el pelo, para la cara, para las arrugas, para los puntos negros, para las manchas; los bronceadores, las lociones, los coiffeur, los pedicure y manicure, rímel, esmaltes, pestañas y uñas postizas. Ninguna mujer, ni más joven ni mayor, podría asegurar que la aventajara en atractivo.

Ella también es una artista. Su materia prima ha sido ella misma. Ha realizado cada movimiento requerido para alcanzar las cotas más altas en el canon establecido de belleza. En el proceso, la mujer que quise se perdió, se disipó sin que me diera cuenta. Está más hermosa que nunca, y no siento nada, es como si tuviera un cuadro carísimo en mi casa, objeto de la admiración y la envidia ajena. Quizás fue siempre así, y me gustaba así, y el que cambió fui yo. Después de todo, antes me gustaba este ambiente, el aire de animalidad controlada, la alegría del movimiento por el movimiento, el aturdimiento de la música, el sentir que se le estaba sacando jugo a la noche.

Shepard gastó sus reservas de paciencia esa noche, ajeno y aburrido, fastidiado de tener que bailar para complacer a Nadia, con ganas de que los minutos se desagotaran lo más rápido posible. Fue desenvolviendo con cuidado la conciencia creciente del desamor, sordo a la alegría inocua de Elvis Crespo y Marta Sánchez que contagiaba los pies inquietos y los cuerpos semioscurecidos. Se cansó de mirar a la extraña en que se había convertido su esposa, sospechando que él mismo, si se ponía a observarse, era ahora un extraño.

La semana siguiente, Nadia le dijo para volver a salir, pero esta vez no cedió. Él mismo le sugirió que saliera ella con sus amigos, que para él no había problema. Así, un par de veces al mes, cuando Shepard volvía a su casa, la encontraba vacía, extrañada de la ausencia de Nadia a esas horas. Comprobó que le gustaba esa quietud, esa soledad redescubierta después de años de casi no frecuentarla. Se servía un whisky y prendía un cigarrillo, fumando con la luz apagada para disfrutar mejor del silencio. Ella estaría pletórica, transpirando su agitación, comparando sus zapatos con los de las otras, tomando con alegría sin llegar a emborracharse, sintiendo en el cuerpo el estímulo de las miradas y las insinuaciones de los hombres, quizás viendo renacer, con una mezcla de aprensión y ansia, algo que creía haber perdido para siempre. Entonces, Shepard llevaba el vaso a los labios y saboreaba el líquido amarillo y quemante. Había sido un buen trato para los dos.

A veces se tomaban unos días, buscando recuperar algo de la magia perdida, yéndose en avión hacia algún lugar de folleto turístico. Se dedicaban a pasear, dejándose caer en la excitación que provoca caminar bajo un sol desconocido. Compraban souvenirs, sacaban fotos, él investigaba un poco sobre la gastronomía local. Por momentos, bajo la llovizna cosmopolita de Nueva York, sobre alguna calle empedrada de Bahía, en el reflejo transparente de las aguas del Caribe, parecía que volvían a ser los de antes. Sus miradas rejuvenecían, las pieles despertaban el deseo adormilado, todo volvía a parecer posible. Esas ráfagas de magia duraban horas, o días. Después volvían a ser los de Montevideo, sin el consuelo de las rutinas anestesiantes. Por lo general, cuando emprendían el regreso, la cabeza de Shepard ya estaba en el restaurante, urdiendo alguna nueva receta, preguntándose si el nuevo adicionista lo estaría robando, pensando cambios de decorado que aseguraran la renovación permanente del éxito.

¿Dónde está, dónde, aquella excitación de los primeros días, de los minutos previos a verte subir al 103? ¿Dónde la alegría primitiva de mirarte desde la clandestinidad de mi asiento, apreciándote desde el centro hasta los bordes, hecha para nutrir mis ensueños adolescentes?

Languidecían juntos, pero no unidos, mientras se alejaban, entregados al subterfugio del confort. Pese a todo, siguieron, esquivando el campo minado de los silencios. Shepard creyó, cegado por la soberbia, que el orgullo y el amor eran términos intercambiables. La Nadia posible, la latente, la potencial, se inclinaba ahora sobre su cara avejentada, borrando a la otra, a la que el tiempo se encargaría de revelar como un error. Y cuando se dio cuenta, cuando supo que no era feliz con Nadia, y que, tarde o temprano, ella tampoco lo sería, se negó a aceptarlo, decidió ignorar lo que la piel proclamaba encerrándolo tras los barrotes de la persistencia y la voluntad. En esos tiempos no estaba acostumbrado a equivocarse, y menos a reconocerlo. Consiguió mantener un equilibrio precario en su vida, enfocándose en el restaurante, multiplicando las horas que pasaba creando platos, imaginando nuevos servicios, profesionalizando al personal.

Pese a todo, se mantuvieron fieles. Hasta que apareció Cecilia.

Tercera Parte: Carlos

Los dos pares de ojos se sostuvieron las miradas, desconfiados. Eran niños, por lo tanto tenían derecho a reclamar el mundo como propio. El problema era que había solamente un mundo, y los dos lo querían para sí. A Luis se le ocurrió una solución para el dilema. Con un pedazo de baldosa trazó una raya en el piso, en el espacio que los separaba. Sonriente, enunció la solución.

-De esta raya para acá, el mundo es mío; de la raya para allá, es tuyo.

Sellaron el trato, y desde ese día no hubo dificultad que amenazara su amistad, porque el problema principal y más importante había sido resuelto.

La última vez que vio a Carlos le notó las marcas de la tristeza en las arrugas de los ojos. ¡Las cosas habían ido tan diferentes para ellos! Carlos nunca había encontrado algo que lo centrara, un eje alrededor del cual orbitar. Había saltado de trabajo en trabajo, a cual más rutinario y falto de perspectivas, de mujer en mujer en mujer, de fracaso en fracaso. Lo que le había quedado, como resto remanente de sus semejanzas, era el gesto al fumar, sosteniendo el cigarrillo con el índice un poco rígido, como señalando algo invisible para los demás en el espacio circundante.

El punto de quiebre fue el viaje de Shepard. Hasta entonces no habían notado las diferencias en los resultados de sus estrategias para conquistar su respectiva mitad del mundo. Carlos era más simpático y desenvuelto, tenía carisma y aparentaba una gran confianza en sí mismo. Con su risa de atorrante y su manejo fluido de los códigos de la calle, se las arreglaba para no estar nunca solo. Era capaz de conseguir lo que quisiera de una mujer o de un hombre. El problema fue que nunca quiso nada más allá de lo inmediato, como si fuera incapaz de pensar en términos de largo plazo. En ese momento, Shepard no tenía las cosas mucho más claras. Había dinamitado todo lo construido hasta entonces: la relación con Nadia y el trabajo. El futuro era una incógnita. Pero el viaje lo hizo crecer, a la vuelta ya no era un muchacho ilusionado sino un profesional. Mientras tanto, Carlos seguía girando en la noria de la incapacidad para encontrar un rumbo. Lo peor de todo es que él tenía conciencia de eso. Shepard pudo verlo al regreso. En pocos años Carlos había pasado a jugar a la defensiva, de amar al mundo había pasado a odiarlo. Se le había agriado el carácter, que había adquirido un tono cínico con el cual contemplaba y juzgaba. Había tenido dos hijos de madres diferentes, con las que no había terminado bien, por lo cual vivía en una batalla constante para poder estar con los niños. Se negaba tercamente a pasar por el proceso que se suele llamar madurez; para él madurar significaba resignarse, capitular, entregar la bandera de las cosas más auténticas de la vida. Shepard le había ofrecido trabajar con él cuando abrió el restaurante, pero Carlos se parapetó en una negativa inamovible, suavizada con evasivas alusiones a buenos trabajos a punto de surgir pero que nunca se concretaban.

Estuvieron un tiempo sin verse, durante la etapa del establecimiento del restaurante. Shepard no tenía tiempo ni ganas para dedicar al cultivo o mantenimiento de relaciones. Pasado ese lapso, encontró a Carlos más peleado aún con la vida. Pero Carlos nunca se quejaba, comentaba su incapacidad para adaptarse con la misma sorna que se dedica a criticar a los políticos o al fútbol. En cambio, prestaba mucha atención a los vaivenes de la vida de Shepard, analizando con cuidado las posibles alternativas a sugerir. Cuando murió la madre de Shepard, Carlos fue un pilar que lo ayudó a no hundirse del todo en la tristeza. Shepard recordaba cómo Carlos pasaba horas a su lado buscando mil maneras de animarlo en esa época. Con los años, el papel de confidente y consejero de Carlos se mantuvo, pese a los distintos rumbos que habían tomado sus vidas.

Shepard se quejaba del giro que iba tomando su relación con Nadia. Le contó sobre la epifanía en la discoteca, le hizo la comparación del cuadro caro. Carlos, con una ecuanimidad que alguien que solo lo conociera superficialmente no pensaría que fuera capaz de poseer, trataba de ayudarlo a superar la borrasca.

-Vos no sabés lo que tenés. Nadia es una mujer compañera que te ha dado mucho. A mí nunca me soportó demasiado, y reconozco que con un poco de razón, pero ese es otro tema. Pero sabés que siempre te dije que me gustaba ella para vos. Tendrá sus defectos, los tiene, como los tenemos todos, pero también virtudes. Tratá de rescatar esas cosas, no dejes que se hunda todo por algunos detalles. ¿Sabés lo difícil que es encontrar una mujer como la gente hoy en día? ¡Decímelo a mí!

De ellos no hablaban, porque no querían reconocer que su relación también había cambiado. Se daban cuenta de que lo que nunca habían imaginado era una realidad: la vida los había distanciado. Shepard veía que Carlos, como buen amigo que era, se alegraba de su éxito profesional, pero que, en el fondo, para él era como mirarse en un espejo que le devolvía la imagen de su propio fracaso. Esta incomodidad mutua, este reconocer en el otro algo doloroso, era la razón que había motivado que sus encuentros se fueran espaciando. Habían partido del mismo punto, pero Shepard fue dejando atrás a Carlos, como si se movieran por la vida a distintas velocidades, hasta que se estableció una distancia entre ellos imposible de salvar para el cariño. Carlos jamás había encontrado el camino de conquista de su mitad del mundo, moviéndose siempre en círculos, sin lograr ser soberano ni del trozo de tierra sobre el que proyectaba su sombra.

Y además, a Nadia no le gustaba Carlos, y lo disimulaba mal. A Nadia la exasperaba que Carlos estuviera todo el tiempo pidiéndole plata prestada a Shepard, que tardara años en devolverla, cuando lo hacía, que siempre pidiera y nunca diera. Carlos dejó de visitarlos porque Nadia le transmitía su incomodidad silenciosa, y él se la transmitía a Shepard. Iba al restaurante, o, a veces, salían a tomar algo a un bar después del cierre. Carlos lo bajaba a tierra; a un tipo como Shepard, poco acostumbrado a escuchar otra voz que no fuera la propia, tener un amigo que fuera capaz de ponerle los puntos sobre las íes le hacía bien, y él lo sabía.

Con una copa y un cigarrillo de por medio luchaban por rescatar lo que les quedaba: el núcleo irreductible de la amistad de toda la vida, que latía en el reconocimiento mutuo de los tonos de voz, de un movimiento de manos o una forma de reclinarse en la silla al hablar que denotaba un estado de ánimo que solamente ellos eran capaces de reconocer en el otro. Entre ellos no había secretos, porque no les era posible, aunque tuvieran la extravagante ocurrencia, esconder nada a la vista aguda de la amistad avezada, testeada en innumerables minutos de glorias y derrotas compartidas.

Por eso, cuando a Carlos lo encontraron colgando de una viga del techo de su casa, Shepard, además del sentimiento de un vacío casi palpable, irrespirable, viscoso y pútrido que se le metió por los poros al enterarse, tuvo la no menos atroz revelación de que, después de todo, no conocía tanto a su alma gemela como había pretendido hacerlo. Se sintió traicionado por el muerto, que no le había dejado ver alguna señal del despeñadero vital por el que estaba cayendo. Habló con amigos y familiares, buscando una respuesta, no necesariamente lógica, pero que le posibilitara el alivio del perdón. Nadie había visto señales que permitieran prever el absurdo. Nadie hubiera aventurado la opinión de que el muerto era feliz, pero todos pensaban que él no le daba demasiada importancia a eso, no mucha más que la que se podía dar a un clima excesivamente húmedo o frío, ante el que uno, si toma las prevenciones del caso, se desenvuelve con relativa normalidad.

O quizás las señales existieron y yo no supe verlas, y entonces él se sintió traicionado por eso, porque la última persona en el mundo en la que podía confiar, el último que podía tenderle una mano para rescatarlo, no lo hizo. Ahora solo me queda el consuelo insuficiente de la racionalización, para salvarme a mí mismo, ya que no pude salvarlo a él. No me había dado cuenta de lo solo que estaba, no vi la desesperación en la tristeza acostumbrada. Estaba triste, como desde hace quince años, cuando vio que la vida le ponía los listones demasiado altos, y que si bien tenía la fuerza para alcanzarlos, le faltaba la fe. Ya estaba acostumbrado a verle esa tristeza, que solo yo se la veía, rodando en la banquina de los chistes verdes en los asados, flotando en las miradas irónicas que le dirigía a la mujer invariablemente errónea que lo acompañaba, confiada con la confianza que da la inconsciencia. Yo le veía la tristeza, y no lo supe, me acostumbré a vérsela, asumí que ya era parte de él, como un quiste que jode pero que no representa un real peligro. Pero el quiste se volvió tumor, la tristeza controlada en realidad era desesperación germinando adentro, robándole espacio a las esperanzas y agotando las estrategias para hacerle frente. Y yo no vi nada de eso.

Cuarta Parte: Cecilia

Hablaremos de la Cecilia de veinte años, la única que interesa a los efectos de esta historia. Las Cecilias anteriores y posteriores, las convergentes y las divergentes, las más o menos sanas, más o menos solas, más o menos niñas, deberán ser imaginadas o deducidas por el lector. La Cecilia de veinte o veintidós años que conoció Shepard, la única posible y necesaria para él, apareció una mañana en el restaurante, no buscándolo a él sino pidiendo trabajo. Shepard nunca terminó de explicarse cómo se enamoró de ella. No podía haber imaginado, el día en que decidió contratarla, que esa mujer sería el huracán que removería las raíces de su vida. Le llamó la atención, sí, como tantas mujeres, y tuvo en cuenta su belleza como arma de marketing, pero lo llevó a contratarla el hecho de que hubiera trabajado dos años como moza en un restaurante de primer nivel. La muchacha iba por la vida con la desenvoltura propia de su edad, sin preguntar demasiado de dónde venían las cosas, libre del peso de los paracaídas que suelen cargar hombres y mujeres maduros, libre de cicatrices, fresca, prometedora.

Aun así, Shepard no se había fijado en ella. Su relación era estrictamente de trabajo, y ni siquiera se daba cuenta de la admiración con que lo miraba la muchacha, adquirida de sus compañeros, por propiedad transitiva, y de la fama considerable que Shepard había ganado en el ambiente. Cada vez más distanciado de su mujer, con su mejor amigo muerto, Shepard encontró su vía de escape en el restaurante, emulando, irónicamente, a su padre con las ferreterías. A veces, cenaba con los empleados, o tomaba unos whiskies con ellos, vueltos inesperadamente la evocación de algo parecido a una familia. Cecilia no hablaba mucho. Conversaban dentro de los límites impuestos por la cortesía, a veces bromeando sin segundas intenciones, tendiendo esos puentes intermitentes pero necesarios que se establecen entre personas que comparten diariamente ocho o diez horas de su vida.

Una noche, después del cierre, Shepard se iba del restaurante, pensando en lo que lo esperaba en la casa. Era invierno, una noche profunda consistente en láminas superpuestas de aire congelado y húmedo que laceraba los pulmones al ser respirado. Nadia habría prendido la estufa a leña y la casa estaría ya inmunizada contra el frío exterior. Él llegaría, colgaría su abrigo, encendería un cigarrillo, escuchando el relato de Nadia sobre las conversaciones escuchadas en la peluquería, o sobre el nuevo aparato de gimnasia comprado esa tarde.

Vio a Cecilia en una parada de ómnibus, aterida y oscura en una espera resignada. El auto se deslizó sobre el asfalto con un siseo de animal acechante.

Shepard bajó la ventanilla, asomándose.

-¿Para dónde vas?

-General Flores y Bulevar, por ahí.

Shepard se inclinó para abrir la puerta del acompañante.

-Subí que te llevo.

Ella sonrió y negó con la cabeza.

-No hace falta, el ómnibus pasa en diez minutos.

-Dale, no me cuesta nada.-insistió el.

-Pero te queda muy lejos. En serio, espero.

-Hace un frío de cagarse. Por favor, subí.

Ella amagó otra protesta, pero finalmente subió.

-Gracias. Arrimame un poco nomás, no vas a ir hasta allá.

-No me molesta.

Shepard hablaba sin sacar la vista de la calle.

-Tu mujer te estará esperando.- Ella lo miró con gesto interrogativo.

Shepard lanzó una risa corta, sarcástica, contra el parabrisas.

-No te preocupes por eso.

Cecilia no contestó.

Un silencio incómodo se tendió entre los dos durante el resto del viaje. Ella insistió en que la dejara a unas cuadras, pero Shepard no transó y la llevó hasta la casa. Se despidieron, y pudo ver la silueta diluyéndose en las sombras, lejana, cargada de promesas que él nunca llegaría a conocer.

La noche siguiente se repitió la ceremonia. Shepard la vio en la misma posición, con el mismo gesto aterido e impaciente. Pensó que era joven, que no le iba a pasar nada por esperar un ómnibus un rato en una parada fría y solitaria. No resistió el impulso de volver a ofrecerse a llevarla. Ella lo miraba, con una mezcla de agradecimiento y extrañeza. Al otro día, él le pidió que lo esperara. Ella le dijo que no le parecía bien, que ella se arreglaba.

-No pasa nada, cuando tenga algo que hacer te aviso y te vas en ómnibus. Mientras tanto, a mí no me cuesta nada llevarte.- La mentira le salió sin pensarla.

Shepard se preguntaba qué le estaba pasando, negándose a creer que el aburrimiento que lo dominaba era tan atroz como para perder tiempo en estupideces con una chiquilina. Ella llevaba meses trabajando en el restaurante, seguramente esperaba el ómnibus siempre en el mismo lugar, él tenía que haber pasado junto a ella cada noche;

sin embargo, por alguna razón que Shepard no podía descifrar, Cecilia había sido invisible para él durante todo ese tiempo.

De a poco iban soltando el carrete de la confianza, ahondando una creciente simpatía.

Shepard veía en Cecilia algo que no podía definir, para lo cual no encontraba una receta; una punzada en los nervios, un masaje de reanimación en el alma, un reflejo difuminado que iba definiendo sus contornos con cada minuto de conversación, mientras rodaban sobre la calle oscura, en los asientos mullidos del Peugeot que se deslizaba como un recuerdo en la noche. Se sorprendía a sí mismo diariamente, esperando la hora del cierre, imaginando el viaje inminente, la tregua en la sonrisa de la muchacha, la agridulce tristeza de la despedida.

Una noche, como de costumbre, Shepard la llevó a la casa, pero esta vez ella no se bajó inmediatamente. Se quedaron conversando en el auto. Shepard le preguntó por qué no tenía novio. Cecilia le explicó que los hombres "estaban todos de vivos".

-Yo soy hombre, gracias por lo que me toca.

-Bueno, vos serás una excepción a la regla entonces. ¿O no?- Levantó una ceja, con una sonrisa pícara bailando en la boca.

Shepard, zorro viejo, se dio cuenta de que la conversación se deslizaba por una pendiente que ponía en peligro la cómoda conformidad de su vida. Le daba miedo seguir adelante, pero la excitación que le producía la cercanía de la chica podía más que cualquier reparo que su conciencia le dictara.

En determinado momento ella reaccionó, ruborizada.

-Te estoy entreteniendo y vos tenés que irte. Perdón.

Shepard la miró, sabiendo lo que tenía que hacer. Acercó su cara y la besó con furia, con un roce de ropa y un crujido de cuerpos inquietos. Un inesperado aire fresco estaba entrando en su vida, sacudiendo los cimientos aparentemente consolidados, pero podridos en lo profundo de su existencia.

Ella se bajó, un poco desequilibrada por el golpe de lo irreversible, excitada, viéndolo con una mirada nueva, que él devolvió, deseoso de terminar con lo que habían empezado.

-No te vayas, podemos ir a otro lado.

-No puedo, mis padres me están esperando.- Le hablaba con un tono de disculpa, frunciendo los ojos como si fuera a llorar.-Hasta mañana.

Shepard volvió a su casa inmerso en una borrasca de confusión. No podía creer lo que había hecho, no podía creer con quién lo había hecho. Tuvo miedo de que Nadia se diera cuenta de algo, un hormigueo de pánico lo recorrió al pensar que quizás el perfume de Cecilia le había quedado impregnado en la ropa.

Entró a la casa sintiendo el peso de lo inevitable lastrando cada uno de sus movimientos, esperando que, con solo mirarlo, Nadia lo adivinara todo.

Ella apenas lo miró, saludándolo con un leve desvío de cabeza, para no perderse lo que pasaba en la pantalla del televisor.

-Hola.-Dejó caer las llaves sobre la barra del minibar, con un movimiento que le pareció excesivamente ampuloso.

-Hola.- dijo ella, con la cara iluminada por la ventana titilante.- ¿Cómo te fue?

-Estuvo movido.- Se dio cuenta de que cualquier cosa que dijera iba a disparar, en mayor o menor grado, el mecanismo del remordimiento. –Estoy cansado, creo que me estoy por engripar. Me voy a duchar y acostar.

Nadia volvió a mirarlo por un segundo, esta vez con un brote de atención en los ojos.

-¿Querés que te haga un té con limón?

-No, gracias.- dijo él, maldiciendo por dentro el gesto de interés, que le llegaba en un mal momento. –Solo necesito descansar.

-Hay aspirinas en el botiquín.-insistió ella.

-Gracias.- dijo él, ya sin mirarla, refugiándose en la trinchera de unos minutos consigo mismo.

El agua corriendo por su cuerpo lo ayudó a limpiarse del sentimiento de bajeza que lo había ganado. Pronto emergió otro, gorgoteante, deshielando el desasosiego gota por gota, desmenuzándolo en la rejilla del desagüe. En la superficie tersa de los azulejos la cara difuminada de Cecilia, la sonriente Cecilia, la nocturna, la de aspecto de gorrión desamparado a la espera de un ómnibus en la noche helada. Y tuvo ganas de que ya fuera la noche siguiente. Las ganas se le mojaron en la ducha, pero crecieron, gordas, imponentes, estableciendo su autoridad indiscutible en los miembros azorados.

Le costó dormirse. Cerró los ojos, de cara a la pared, para que Nadia no notara su insomnio. Finalmente, la extenuación lo venció, metiéndolo a prepo en un sueño de terrores y placeres nebulosos.

La mañana siguiente tuvo ganas de que fuera la noche. Trató de no manchar sus rutinas diarias con la impaciencia que lo desbordaba. Llegó al restaurante un rato antes de lo habitual, sentándose a ordenar papeles y a tratar de disciplinar números. Últimamente pasaba cada vez menos tiempo en la cocina y cada vez más en la oficina, apagando incendios, jugando a la mosqueta con plata que salía de un lado para tapar un agujero en otro. Pese al éxito de público, la función financiera de la empresa se sostenía en un delicado equilibrio inestable. A Shepard le gustaba gastar, a Nadia le gustaba aún más, y a veces le exigían a la gallina de los huevos de oro más de lo que podía dar. El personal empezó a llegar, y Shepard a sentirse cada vez más inquieto.

Sus ojos ya no veían lo que tenían enfrente, incapaces de la más mínima concentración. De pronto, como si un telón se hubiera abierto súbitamente frente a sus ojos, reconoció el perfil de Cecilia, inclinado sobre la mejilla de una compañera, regalándole una sonrisa de vuelo corto, apropiado para medir la alegría un poco desgastada por la repetición cotidiana. Shepard sintió la crispación de su propio cuerpo, subiendo como un magma amenazante. Se obligó a fijar los ojos en un papel, sin poder leer lo que decían las palabras esquivas para su entendimiento obnubilado. Todo debía ser igual a cualquier día, todo era distinto. Levantó la vista, temeroso. Ella pasó frente a la puerta de la oficina, con el bolso colgando de sus dedos. Lanzó una breve mirada al interior, larga como una vida, un llamado y una confirmación. Los labios se movieron, dibujando la anatomía de un saludo que él no escuchó, mariposa escapando a la red que pretendía atraparla. Vio el breve movimiento de los labios, la arquitectura del deseo flotando en ellos, fluyendo líquida a su encuentro. Y entonces, cuando la belleza se volvía insoportable, la eternidad terminó, Cecilia giró la cabeza y su cuerpo quedó oculto por el velo de la pared. Shepard permaneció inmóvil, como una mosca vaciada de sus jugos en una telaraña, buscándose en la pila de papeles desordenados, sin ganas reales de encontrarse, escuchando su respiración despareja, dejándose rodar sin oponer resistencia por la pendiente de lo que quedaba del día. Las horas transcurrieron irreales, innecesarias y anónimas. Shepard, refugiándose bajo el alero de las rutinas, logró de alguna forma, torpe y precaria, ganarle la pulseada a la corrosión de la impaciencia. Casi no se hablaron en el día, casi no se miraron, como trapecistas que temen que, si vieran el peligro en los ojos del otro, tomarían conciencia del riesgo de la acrobacia y no saltarían al vacío, perdiéndose el éxtasis vertiginoso, el golpe arrachado de la adrenalina por debajo de la piel. Finalmente, la noche reclamó sus derechos, y ellos fueron sus cómplices, arrancándose las máscaras de la simulación, dejándose capturar por los órganos prensiles de un deseo que los anulaba y los igualaba en la necesidad de necesitarse. Se desnudaron con devoción sacerdotal, clamando victoria sobre la soledad inmensa de la vida, sellando con sus bocas un pacto escrito antes de que el tiempo rodara, antes de que las palabras sangraran a borbotones sobre la tierra su códice nefasto.

La boca de Cecilia jugueteó con su tetilla, mordisqueándola, chupándola, húmedamente juguetona. Shepard soltó un suspiro, sumergido en el deleite, cerrando los ojos para potenciar la sensación embriagadora. Ella separó la cabeza de su pecho, con un hilo de saliva colgando del labio inferior. Los ojos entrecerrados hablaban el idioma de la lujuria, de la oscuridad y del deseo.

Fundieron las lenguas, unánimemente calientes, postrados en el templo de la cama. El cuerpo de Cecilia, vuelto todo piel erizada, tomó posesión del suyo, a sangre y fuego, con una premura animal desesperada. Sus pechos poco desarrollados, casi infantiles, señalaban el horizonte de su entrega, monolitos que despertaban en Shepard una lujuria veteada de ternura.

Ella lo sacó del sopor en que se había hundido, haciendo, por primera vez en su vida, que perdiera el control. Con Nadia él seducía, controlaba, imponía los ritmos y los pasos a ser ejecutados, pero con Cecilia era distinto, era como ser arrastrado por una corriente demasiado poderosa como para oponérsele. La muchacha tenía la capacidad de saber contenerlo, el mérito de darle la dicha que creía perdida, la virtud de hacerle agradecer a la vida por cada nuevo día.

Shepard se vaciaba en las noches interminables con Cecilia, entregado al goce recóndito, sin subterfugios ni segundas intenciones. Tuvo que reconsiderar todo lo que había imaginado sobre sí mismo hasta ese momento. Tuvo que reconocer que en su relación con Nadia siempre había habido un componente de capricho, algo mezquino, distinto de la entrega completa y sin concesiones que pautaba la que tenía con Cecilia. Al nombrar a Cecilia sentía que pronunciaba un neologismo feliz que representaba el pasaje a un territorio inexplorado de su capacidad de vivir y de amar.

Los días pasaban, haciéndose semanas y meses, y ellos querían cada vez más. Shepard debía lidiar, con la mayor naturalidad posible, con la mentira y con la culpa. Navegaban incómodos por el ocultamiento; su amor era para dejarlo correr libre, no para ensuciarlo con el limo turbio del disimulo. Lo ensuciaban, y se sentían culpables por ello, culpables ante el jurado de sus almas, que no podían perdonarles la cobardía. En el recodo blando de los abrazos, Cecilia preguntaba y él prometía, tratando de ocultarle el miedo, negándole al miedo la posibilidad de ocupar el territorio de su voz y de su cara, confinándolo con esfuerzo a los silencios y el humo de los cigarrillos. Pero aun el miedo retrocedía ante el avance aluvional del amor, a Shepard le costaba cada vez más ceñirse a las horas y a los movimientos destinados a Cecilia. En su casa se sentía exiliado, incapaz de encontrarse en los espejos, en los libros, en las conversaciones cada día más raleadas con Nadia. Entonces, a la culpa de la mentira se sumó otra: la culpa por empezar a odiar a Nadia. La presencia de Nadia comenzó a dejar de serle indiferente para generarle un fastidio creciente, paralelo a y retroalimentado por la frustración de no estar con Cecilia.

Pasando raya a la situación, vio que no tenía sentido seguir con Nadia, por el simple hecho de que ya no la quería, y estaba seguro de que ella a él tampoco. El amor se les había gastado, roído por años de rutina, y ahora era el momento de asumirlo y hacerse cargo. Pero Nadia se le adelantó.
-Tengo un atraso.
Hicieron la prueba, y el embarazo quedó confirmado.

Nunca había sido una prioridad para ellos tener hijos, pero tampoco lo descartaban, siempre hablaban de esperar un poco, "hasta que la cosa se estabilizara", comodín que en realidad no era nada más que un formulismo para posponer la decisión.

Le pareció irónico, e incluso sospechoso, que en el momento en que la actividad sexual de la pareja casi había desaparecido, Nadia quedara embarazada. Tocar a Nadia le resultaba prácticamente imposible. Le empezaba a doler la cabeza, se bloqueaba, le daban náuseas. Hasta ese momento, casi siempre había llevado él la iniciativa en la pareja a la hora de tener relaciones. Desde que empezó a acostarse con Cecilia los roles se invirtieron, él terminaba cediendo ante la insistencia de Nadia, cuando ya no encontraba excusas para evadirse. Después de unos meses de salir con Cecilia, el sentimiento de culpa había primero desaparecido, y después invertido su polaridad. Le daba culpa acostarse con Nadia, engañar a su amante con su esposa. Estaba en un callejón sin salida, o mejor dicho no quería darse cuenta de cuál era la salida. La intensidad física de la relación ya había decaído antes del romance, pero una vez que aquel se inició, ese decaimiento se convirtió en casi inexistencia. Nadia le preguntó qué le pasaba, le reprochó su frialdad, llegó a exigirle, con palabras más expresivas, que cumpliera con su deber conyugal. Él ponía la excusa del estrés y el cansancio por el trabajo. Cuando ella le preguntó si tenía una amante, Shepard se sintió arrinconado. Lo negó airadamente, ofendiéndose como solo los mentirosos lo hacen. Debió resignarse a perfeccionar la mentira, extendiéndola de lo discursivo a lo físico para impedir que las sospechas de Nadia crecieran hasta llegar a inmovilizarlo. Accedió a acostarse con ella de vez en cuando para sostener las apariencias. Pero esa sofisticación del engaño exigía más compromiso de su parte, y las fuerzas para sostenerlo se le fueron agotando.

¿Qué le hubiera dicho Carlos? La vida es una sola. Aceptá que ya no tiene salvación lo tuyo con Nadia, aceptá, por una vez, que se terminó. Liberate, y liberala a ella. Ya no son felices juntos, y ya no van a serlo.

El cauce de su insatisfacción se fue llenando gota a gota de mentiras, hasta que se desbordó cuando enfermó de gripe y tuvo que pasar tres días en cama, sin poder ver a Cecilia, llamándola a escondidas cuando Nadia no estaba, desesperado por un dolor que se volvía casi físico. Esa separación terminó de inclinar la moneda hacia la opción de dejar a Nadia. Simplemente ya no se le hacía posible estar separado de Cecilia, ni le encontraba sentido al martirio al que se sometía y al que la sometía a ella como precio a pagar por sostener la mentira de su matrimonio.

Entonces, Nadia le dijo lo del atraso, y después llegó la confirmación del embarazo.

-¿Cómo nos pudo pasar esto?- La voz de Shepard era fúnebre, cargada de desolación.

-La noche del casamiento de Guillermo y Luisa. Fue ahí, tenía la duda de si había tomado la pastilla ese día, no sé cómo se me pasó.

Shepard recordaba esa noche. Habían ido a un casamiento. Nadia estaba espectacular, aun para sus ojos indiferentes. Tomaron, en su caso un par de whiskies más allá de su límite. Llevaban un mes sin tocarse, cuando volvieron a su casa Nadia lo asaltó, y él se dejó llevar.

-¿Cómo que la duda, no las vas contando? Al otro día tendrías que haberte dado cuenta.- Habló impulsado por la espuma creciente de un presentimiento. ¿Y si ella sabía lo suyo con Cecilia, si esta era una sutil forma de venganza? Intentó descartar la presunción de un golpe de racionalidad. Nadia hubiera terminado con él en el mismo momento de enterarse. Confabular no era propio de ella. ¿Pero y si…?

Una ráfaga de enojo centelleó en las mejillas de Nadia.

-Si cogiéramos más seguido me preocuparía más por los anticonceptivos, pero dado que casi no me tocás…

Había una alternativa. La idea del aborto cruzó por su cabeza. Un hijo con Nadia sería una extensión de la mentira. Sería alimentar a la mentira, robustecerla y volverla casi definitiva. No quería eso.

-Esto no estaba en nuestros planes. Podemos solucionarlo. Nadia, no estamos prontos, no es el momento.

Nadia lo miró como a un extraño, como si fuera un intruso que hubiera entrado en la casa y se hubiera puesto su ropa, su voz, su cara.

-Tengo treinta y siete años, estoy cerca de la edad en que quedar embarazada empieza a ser peligroso. Llevamos una vida juntos, si no es ahora ¿cuándo va a ser? Pensá, ¿en qué se convirtió nuestro matrimonio últimamente? En una relación fría y sin vida. Eso no era lo que queríamos, Luis, no era lo que queríamos.

No hubiera hecho falta agregar nada más después de estas palabras. Shepard supo que nada ni nadie lograría que Nadia no tuviera ese hijo.

-Hay tanta gente que no puede tener. ¿Por qué me lo sacaría? ¿Para seguir con la vida que llevamos? ¿No querés cambiar, Luis, no te parece que esta es una oportunidad para que algo cambie?

-Nadia, no tomemos una decisión tan importante impulsivamente. Nuestro estilo de vida va a cambiar.

Decíselo ahora, decile que no puede ser, que no estás dispuesto, que se terminó hace tiempo, que los no nacidos no tienen el poder de resucitar a los muertos. Decíselo, Cecilia te espera, esta misma noche te vas a vivir con ella. Que implosione la farsa, que se derrumbe la mentira, solo tenés que decir la verdad, dejarla caer y que corra libre, como un diluvio que cubra al mundo, borrándolo, y haga nacer otro al remitir.

El mundo de Cecilia, latente en el útero de esas palabras que podés pronunciar en este momento.

Nadia lo miró con ojos cargados de lágrimas. Shepard, en un relámpago de lucidez, vio a la mujer que había amado, la que lo acompañó en los momentos cruciales de la vida, la que estuvo a su lado en las últimas horas de la adolescencia y durante el ingreso al mundo de los adultos, la que fue testigo de su crecimiento profesional, desde los tiempos en que recortaba las recetas que aparecían en los diarios y las pegaba en un cuaderno, la que estuvo con él, espalda con espalda, en los duros primeros años del restaurante, trabajando casi hasta el borde del agotamiento. Vio a la mujer que le perdonó el abandono, dándole otra oportunidad después de su regreso de Europa, y, por sobre todas las cosas, a la que siempre había creído en él. Esa mujer, que había sido su savia y su musa, esa mujer definitiva en su vida, sin la cual no hubiera sido lo que era, ahora iba a ser la madre de su hijo.

Se abrazaron, retornando desde más allá de los años de ausencia compartida, desgajándose uno en el otro, quebrando la cáscara que los había aislado durante tanto tiempo.

Pero el reencuentro fue una ola que, después de golpearlos, se retiró, sin lograr arrastrarlos consigo en su reflujo. Esa misma noche, Cecilia se deslizó en los pensamientos de Shepard, como un ladrón enmascarado en una casa dormida. Unas horas antes, pensaba en terminar con Nadia para empezar una nueva vida con Cecilia; ahora, lo único que tenía claro era que no sabía qué hacer. No podía imaginar una vida sin Cecilia. Llevaban un año saliendo, encontrándose en lo oscuro, disimulando a duras penas sus sentimientos ante las miradas del mundo. Estaban hartos, necesitaban romper ese corsé de palabras no dichas, de miradas disimuladas, de caricias contenidas, que los envenenaba de impaciencia. Durante mucho tiempo habían hablado del tema. Shepard le había pedido paciencia, sin lograr entender, al principio, el porqué de su miedo a terminar con Nadia. Eran una pareja muerta, no había nada que pudiera hacerlo dudar de la decisión. Nadia se quedaría con la mitad de sus bienes después del divorcio, pero eso no le importaba, si era el precio a pagar por la felicidad junto a Cecilia. Ella tampoco tendría problemas en encontrar a otro hombre dispuesto a darle la vida a la que estaba acostumbrada. Era hermosa, tenía clase y personalidad. No, era otra cosa. Era el miedo a dejarla por segunda vez y enfrentarse a la culpa. Muchas veces, en los primeros años de su segunda etapa juntos, había visto las cicatrices mal cerradas de su abandono apareciendo en conversaciones, en gestos, en miradas. En esas ocasiones el remordimiento lo asfixiaba, y buscaba combatirlo acercándose más a Nadia, mimándola exageradamente, redoblando los gestos de ternura como una forma de asegurarle que no volvería a pasar lo mismo. Con el tiempo, la brecha de resentimiento y desconfianza pareció cerrarse, y los reproches no aparecieron más. Pero Shepard temía abrir de nuevo esa brecha, se sentía culpable de volver a hacer sufrir a Nadia, y también le daba miedo no perdonarse a sí mismo por eso. Y, con un hijo de por medio, el peso de esa culpa se multiplicaría hasta hacerse insoportable. No podía imaginar una vida sin Cecilia, pero tampoco podía imaginar dejar a Nadia estando embarazada, apuñalarla de esa manera, cuando menos lo esperara.

Cuando la mañana relevó a la noche no había logrado armar el rompecabezas de pensamientos y sentimientos contradictorios que le había crecido alimentado por la oscuridad y el silencio nocturnos. Por primera vez desde el inicio de su relación, tuvo ganas de no ver a Cecilia.

La vio, por supuesto. Ella, con femenina sensibilidad, se dio cuenta de que algo no estaba bien, pero debió esperar hasta la noche para verse cara a cara con la confirmación de sus sospechas.

Esa noche no se tocaron más que con palabras. Fueron a un apartamento que Shepard había alquilado para pasar con ella, cansado del circuito impersonal de los hoteles. Durante el trayecto Shepard permaneció apático, contestando con monosílabos, extrañamente distante.

Ni bien llegaron Cecilia soltó la pregunta.

-¿Qué te pasa? Estás raro. Ya sé que no hablaste, no soy boba, tu actitud me lo dice.

Shepard cruzó los dedos de las manos sobre las piernas, como si fuera a rezar por su salvación. La cara de Cecilia, sombreada bajo la llovizna de la luz tenue que caía desde la lámpara del techo, proyectaba una mezcla de preocupación y enojo.

-Quise hablar, pero no pude. Pasó algo que no me dejó.

-¿Qué pasó? ¿Qué excusa me vas a poner ahora?

-No es una excusa. Nadia está embarazada.- Las palabras golpearon el aire, quemándolo con su onda expansiva, desalojando de la noche toda otra circunstancia.

Cecilia se paró como impulsada por un resorte.

-¿Qué? ¡No puede ser! ¡Decime que no es cierto!

-Me gustaría que no lo fuera, mi amor, pero es así.

Ella se le acercó, como si eso pudiera anular lo dicho y restablecer el equilibrio de las cosas.

Shepard le contó lo de la noche del casamiento. La cara de Cecilia empezó a burbujear de indignación.

-¡Hijo de puta, me cagaste a mentiras, todo eso de que no podías tocarla, que no te pasaba nada, era mentira!

-Mi amor, había tomado, fue un accidente, perdí la noción de lo que hacía

Cecilia carcajeó histéricamente.

-Un accidente, ¡ahora le dicen así!

Shepard la dejó gritar su furia y su desconcierto, sin oponerse, esperando que las rachas feroces amainaran. Ella, desbordados los diques que mantenían comprimida su frustración, le gritó como nunca lo había hecho, sacudida por algo más que celos, por una marea oscura que le crecía incontenible. La dejó salir, la tiró contra la cara inerte de Shepard, aplicadamente, concentrada en no dejar impunes ni un centímetro cuadrado de sus rasgos. Después sintió el cansancio, las ganas de no estar ahí, perdida en una batalla que se había desatado sorprendiéndola con la guardia baja.

-¿Y qué va a pasar ahora?

-¿Te das cuenta de que esto cambia las cosas, no?

-¿Cómo sabés que es tuyo? ¿Cómo sabés que no es una trampa de ella para retenerte?

-Ella no sabe nada de lo nuestro, y no sabía que yo la iba a dejar. Y aunque lo hubiera sabido, no creo que fuera capaz de hacer algo tan bajo. No lo puedo asegurar, pero no lo creo.

Las palabras de Shepard reavivaron la furia de Cecilia.

-¡Y todavía la defendés a esa yegua, esto es increíble! ¡Hace un año que casi no la cogés, me dijiste eso! ¿O era mentira? ¿Era mentira, Luis?

-No, no era. De vez en cuando…, ella estaba sospechando algo, si no me acostaba con ella de vez en cuando se hubiera puesto peor.

-¿Y por qué carajo no la dejaste, por qué?-Cecilia gritaba mientras un reguero de lágrimas iba bajando por sus mejillas, brillosas y arrebatadas.

-Amor, así no vamos a arreglar nada, tranquilizate.- Shepard extendió las manos, intentando abrazarla, pero con ese gesto solo logró hacerla retroceder.

-¡No me toques! Ni se te ocurra.

Shepard sintió en la cara la humedad de sus propias lágrimas, que se desmoronaban sin encontrar nada que las contuviera.

-Todo va a estar bien, amor. Dame unos meses, esperemos…

-¡No voy a esperar, estoy cansada de esperar!- Cecilia se irguió alentada por el impulso de la amenaza implícita en sus palabras.-¡Seguro tiene algún amante por ahí que la preñó y ahora te quiere encajar a vos el hijo!

-No tiene ningún amante.

-¿Y vos qué sabés, pensás que si lo tiene te lo va a decir?

-Linda, no nos vayamos de tema. Acá lo que importa es que mis sentimientos por vos no cambian con esto, nada tiene por qué cambiar. Solo te pido que tengas un poco más de paciencia.

Ella lo miró, porque no podía mirar sus pensamientos, lo miró a él para no mirar su cobardía, despreciándolo con ese simple acto.

-Paciencia. ¿Cuánta paciencia? ¿Un año, cinco, diez, cuando tu hijo sea mayor de edad? ¿Cuánta, Luis, cuánta?

-No sé.

Le tocó el turno al silencio de decir sus conclusiones. Se miraron como reprochándose no haber previsto ese momento, no tener la frase indicada escrita en un retazo de papel, pronta para ser declamada ante el requerimiento de la oportunidad.

-No me sirve esa respuesta.

-Ya lo sé, pero ahora no tengo otra para darte.Hizo otra tentativa para llevar la conversación al cauce que le interesaba.- No tiene por qué cambiar nada entre nosotros. Yo te quiero, es lo que tengo más claro en todo esto.

Ella lo miró con una sentencia dibujada en los ojos.

-Yo también te quiero, pero no a cualquier precio. Estoy cansada. Me quiero ir.

Shepard ensayó todavía algunos intentos de hablar, que se dieron de lleno contra una negativa intransigente. Desde esa noche, nunca pudo quebrar la espesura de ese silencio que se tendió entre ellos, alimentado por la convicción de que habían dejado morir algo precioso y único, que no podía ser revivido. La dejó en la casa, sin recibir ni un saludo de despedida. Al otro día, ella no le dirigió la palabra. Shepard dejó pasar un par de días más antes de volver a la carga.

Arrinconada, ella no tuvo más remedio que enfrentarlo con la verdad.

-No puedo con esto, Luis, no puedo ni quiero. Siento que me muero al pensar que no voy a verte más, a nadie he querido como a vos. Pero no puedo, contra un hijo no puedo.

-¿No verme más? No digas eso, no tiene que ser así. Dame unos meses, después que nazca el niño la dejo, y estamos juntos, amor, por favor, son unos meses.

Pero ella tenía la decisión tomada, y no hubo ruego, promesa o amenaza que la moviera de los límites de su resolución. Al otro día no fue a trabajar. Shepard esperó verla pasar, como siempre fugaz frente a su puerta, lanzándole una mirada definitiva y camuflada. Llegó el mediodía y el vacío no se disipaba. Se sintió sacudido por el aguijón de un presentimiento. Preguntó por ella a los compañeros.

-No ha venido ni llamado.

No supo qué pasó en el restaurante ese día. Se quedó parado en la puerta, fumando, esperando ver la silueta familiar aparecer en la esquina, acercándose con pasos livianos, diciéndole, con símbolos invertebrados, secretos, dispersos por su anatomía, que todavía era posible la felicidad para ellos.

No volvió a verla sino a través de las hojas del recuerdo dolorido, de la niebla caótica del sueño y del horizonte imposible de la esperanza. Hablaron una vez más, ella llamó para decir que renunciaba. Él le pidió, le suplicó para verla, encontrando una negativa inconmovible. Ella le dijo que cuando la liquidación estuviera pronta la llamara, y que preferiría que él no estuviera cuando fuera a cobrar. Shepard, después de argumentar infructuosamente, terminó capitulando ante la exigencia, por lo que ella solo se presentó a cobrar una vez que él le hubiera prometido que no estaría presente.

De esta forma abrupta e inesperada se cerró el círculo de su relación con Cecilia. A partir de entonces, Shepard se resignó a vivir lo mejor que podía la vida que le tocaba, ya no la que pretendía. Siguieron adelante con Nadia, tratando de afirmarse en las cosas que los unían, luchando por recrear puntos de contacto perdidos, conscientes de que no eran quienes habían soñado ser el día en que se casaron. Nació Francisco, un gajito de belleza inmaculada que removió parte de lo que habían perdido, y eso pareció sellar un armisticio entre ellos, establecido sobre la base de ese nuevo eje alrededor del cual comenzó a girar el matrimonio. Se olvidaron momentáneamente de sus propias miserias, empeñados en encajar en el prototipo de la familia ejemplar, creyendo ciegamente que para salvar su matrimonio bastaría con someterse a la autoridad del amor coincidente, que se intersectaba en Francisco, aunque no incluyéndolos completamente. Parecía que los tiempos turbulentos habían quedado atrás.

Las cosas no iban bien en el restaurante. La crisis se respiraba en la calle y en los bolsillos de la gente. La afluencia de clientes, pese a tratarse de un lugar exclusivo, bajó. Shepard, un genio en la cocina, no tenía la misma habilidad desde el punto de vista financiero. Para mantener el negocio a flote pidió préstamos en dólares, no terminaba de pagar uno cuando pedía otro, pensando que ya volverían los buenos tiempos.

Hasta que llegó el 20 de junio de 2002, la devaluación, el fin del sueño neoliberal y el comienzo de una pesadilla que implicó la pérdida de lo que había construido en años de trabajo. Imposibilitado de pagar las deudas, debió cerrar las puertas. La casa de Buceo fue la siguiente en caer bajo el golpe del tsunami económico. Debieron malvenderla y pasar a alquilar un apartamento con muchas menos comodidades. En el sálvese quien pueda Shepard no logró más que conseguir un puesto como chofer de taxi. Nadia empezó a buscar trabajo también, pero el ser madre de un recién nacido el hecho de haber estado varios años sin trabajar jugaban en su contra, en un mercado que de por sí se había puesto muy difícil.

Pese a todo, la felicidad, empecinada, les había dado una oportunidad. Francisco era la contraparte para todo lo que se les había escapado. Pero Shepard vivía engrillado a la nostalgia del paraíso perdido. En el lecho de sus cavilaciones, el recuerdo de Cecilia removía un fango que oscurecía todo. La pérdida de Cecilia era una espina clavada en sus madrugadas de insomnio que absorbía como un papel secante cualquier posibilidad de redención.

Todo se había dado en poco tiempo, como si alguien, con un movimiento profundamente calculado, hubiera golpeado una ficha en alguna parte que, por medio de un efecto dominó, había derrumbado todos los pilares de su vida. Shepard había pensado que era lo suficientemente hombre como para olvidar todo y empezar de nuevo. Imaginó que la sensación de agobio que lo aplastaba derivaría tarde o temprano hacia el acostumbramiento. Trabajaba en el taxi doce horas por día, mientras el resto del tiempo simulaba, ante Nadia y el niño, estar en el lugar exacto en que quería, sin poder evitar que la gangrena del hastío lo devorara por dentro, como si algo, por debajo y por detrás de los ritos cotidianos, fuera pudriéndose inadvertidamente en su vida, y, a veces, bajo ciertas circunstancias y dependiendo de la dirección del viento, pudiera sentirse un hedor, al principio apenas incómodo, pero cada vez más intenso.

El trabajo, hasta cierto punto, era una anestesia que evitaba el desmoronamiento. Fue entonces que compró el revólver. Le habían dicho que tuviera cuidado en la calle, que era una jungla y los taxistas estaban "regalados". Un colega le resumió la situación en pocas palabras.

-Yo me compré un caño y lo llevo siempre encima. Te puede salvar la vida. A veces, son ellos o nosotros, y siempre es preferible que sean ellos.

Así que sus manos, que no habían sostenido en su vida instrumento más letal que una cuchilla de cocina, se vieron un día acunando, con una mezcla de miedo y repulsión, un 38 que el colega le consiguió por izquierda.

-Tenelo siempre a mano y cargado. Algún día podés llegar a agradecérmelo.

A partir de entonces sus recorridas por la ciudad se dieron con la compañía de esa especie de mastín dormido en la guantera, esperando rabioso el momento propicio para descargar una dentellada. Pese al rigor de las jornadas agotadoras, debatiéndose en la tortura del tránsito montevideano, Shepard prefería estar en la calle que en la casa. Nadia no paraba de quejarse. Los buenos modales que habían desplegado aun en los más fríos momentos de la relación, dejaron de tener razón de ser: ya no se molestaban en aparentar, al menos entre ellos, su adhesión a los modales moderados burgueses. Se gritaban con ganas, culpándose mutuamente por la caída. Nadia le reprochaba su falta de previsión y su falta de habilidad financiera, culpándolo por la pérdida de las comodidades a las que tan bien se había acostumbrado. Él no se quedaba atrás, lejos ya de la culpa que alguna vez había sido la guía de su actitud hacia Nadia. La culpa se había ido, y el odio podía campar sin oposición. Sacaba a relucir que todo lo que habían tenido se debía a su talento y su trabajo, y no dejaba de recordarle a Nadia que había vivido varios años como una mantenida.

Cuando se agotaban de decirse esas lindezas, se plegaban en un silencio rencoroso y un poco arrepentido que duraba días, hasta que el tiempo lograba trabajosamente diluir al orgullo. Se contenían, a duras penas, por Francisco, que oficiaba de elemento atemperador de sus iras. El hartazgo de uno hacia el otro no había llegado todavía al punto de hacerlos cruzar la línea más allá de la cual el concepto de familia unida dejaba de importar. Una noche, la pelea fue más feroz de lo acostumbrado. Los gritos escalaron hasta rasgarles las gargantas. Shepard amenazó con irse, ella le dijo que se fuera, que le haría un bien. Él pensó en golpearla. Algo lo detuvo, tal vez un arrebato de cordura o el miedo al nunca más. Tiró un golpe contra la puerta de un armario, un zarpullido de madera y vidrios rotos salpicó el cuarto. Nadia enmudeció, asustada, devolviéndole con su gesto, nunca antes visto por él, la medida de su descontrol. No pudo soportar el dolor de mirarla, mucho más intenso que el de la mano sangrante, y se fue sin agregar nada más. Se subió al taxi y se dejó llevar por la ruta del desconcierto y el terror, perdiéndose entre las tinieblas.

Detuvo el taxi en una calle oscura y desierta. La noche parecía inmóvil, enfriándose sobre el asfalto húmedo. Shepard sentía un cansancio inmenso, como si hubiera nacido con él y hubiera crecido cada día de su vida un poco más, con la premura de un tumor, hasta aplastarlo. No podía pensar, también estaba cansado de pensar. Abrió la guantera y sacó el revólver. Lo sostuvo en la mano con delicadeza, sin decidirse a cerrarla, como si fuera un gorrión herido que temiera asfixiar con el puño. Un temblor, con epicentro en la columna vertebral, recorrió su cuerpo, revitalizándolo. Parpadeó rápidamente, como para ahuyentar una alucinación, mirando el dorso de la calle tendida frente a sus ojos. El arma crecía en su mano rápidamente, adquiriendo peso, mostrando amenazadora el negro diente aceitado del gatillo. Buscó una soga de la que sujetarse, un argumento in extremis que lo salvara. Tanto cansancio. No se podía seguir así. Paz. Un poco de paz. Pero para un muerto la paz no tiene sentido. Tampoco el cansancio. Un auto giró en la esquina, iluminándolo brevemente con sus faros. El arma pestañeó metálicamente entre sus dedos. Y el ruido, ese ruido incesante en la cabeza, el ruido de los pensamientos, el crujido constante entrechocándose, punzando el cráneo. Bastaría con dormir un rato, dejarse caer en las arenas movedizas. Pero con el ruido era imposible. El arma canturreó una canción de cuna, dulce, amorosa. Le ofreció un beso de plomo, adelantando la boca fruncida en un círculo perfecto. Si la noche no estuviera muerta, si pudiera pedirle ayuda, llamarla, agarrarla de las solapas y gritarle en la cara unas cuantas cosas. El frío se deslizó lentamente dentro del auto, como un vagabundo buscando refugio. Shepard miró el reflejo de un rectángulo de su cara en el espejo retrovisor. Se encontró extraño, feo de tanto malvivir, con una costra de tristeza adherida a las pupilas. Su mano se cerró sobre la culata, topándose con la dureza curva.

Si hubiera otra salida, si pudiera encontrar un ingrediente con el cual disimular el sabor de este plato podrido. Si pudiera comprarlo, cambiarlo por algo, por ejemplo por mi colección de doscientas especias de todo el mundo. Si pudiera inyectármelo, con el deleite de un heroinómano, y vivir de sobredosis. Pero el ruido sigue, el zumbido del cuerpo de Carlos bamboleándose con un nudo alrededor del cuello no amaina. El ruido que hacen los muertos es insoportable, el ruido que hace mi madre, grano de arena sobre grano de arena, muriéndose durante treinta años, cayendo con un rumor siniestro, peor que cualquier estrépito. Dormir, y despertar en otra parte, despertar para adentro, en ese mundo del reverso de los sueños, donde quizás no haya ruido.

Sacudió el arma, haciendo que el tambor se abriera, mostrando las entrañas aceradas. Con cuidado, casi con cariño, sacó cinco proyectiles y los tiró dentro de la guantera. Miró un segundo el círculo de la bala restante, encajado en la recámara, y cerró nuevamente el tambor.

Sin saber cómo, el ruido se suspendió en el aire, junto a la noche, la humedad, los muertos y los vivos. Shepard vio cómo su mano se levantaba, sosteniendo el revólver, acercándolo a su cara. Un sonido resoplante de fuelle lo sobresaltó, antes de darse cuenta de que era su propia respiración. Ahora el frío se le aferraba a la carne y a los huesos, sacudiéndolo en un temblor continuo, casi rítmico. Cerró los ojos para evitar mirar el arma, por miedo a no poder apretar el gatillo si lo hacía. Mordió con fuerza, inmovilizando al cuerpo viscoso del terror. Apretó el gatillo. No pasó nada. Tuvo conciencia de que no había pasado nada. Ni la noche, ni el frío, ni el taxi, ni el temblor, ni el recuerdo de los muertos habían desaparecido. Abrió los ojos, viendo al mundo por primera vez. El tembloroso revólver volvió a dormir en la guantera. Prendió el motor, esperando que el frío se dispersara. Lentamente, como si temiera romper el aire cristalizado a su paso, el taxi se puso en movimiento, produciendo un rumor de hojas secas al reptar sobre el asfalto.

Nunca volvió a pensar en matarse, pero a partir de entonces vivió con el miedo de volver a pensar en matarse. Y entonces supo que la amenaza es más efectiva que su ejecución.

Había una hora de la noche en que quedaba solo, enfrentado a sus pensamientos, que se le mostraban químicamente puros, libres de las interferencias diurnas. Nadia dormida, extenuada por su dedicación al niño y por su frustración. Francisco momentáneamente calmo, solazándose en el contacto con la piel materna. Shepard fumaba y tomaba en el living, tendiéndole trampas a la trampa en que se había convertido su vida. Oscilaba entre la idea del divorcio y la de emigrar, tratando de encontrar un criterio objetivo que le permitiera medir la conveniencia de una u otra opción. Sabía que el revólver dormía en la guantera, esperando una nueva oportunidad de dirimir las cosas a su manera. En las horas dormidas renegaba del sueño y rizaba el rizo de su infelicidad, imaginando puntos de inflexión que lo proyectaran hacia la libertad de una vida auténtica, libre de renuncias. Si emigraba con su familia sería como ignorar el problema de fondo: su desamor hacia Nadia. Darle una aspirina al decapitado no parecía ser la mejor opción. . Por otra parte, la idea del divorcio tampoco le daba el sosiego esperado. Era una solución a medias, de hecho era abrir un nuevo frente de batalla mientras se estaba perdiendo la guerra.

¿Qué hacer para empezar de nuevo? ¿Cómo encontrar el camino hacia el reencuentro consigo mismo?

Una tarde, más concretamente un viernes, lo llamaron para levantar un pasajero en Pocitos. Era un hombre más o menos de su edad, cargando dos valijas voluminosas. El hombre, correctamente trajeado, le pidió que lo llevara al aeropuerto. A Shepard no le llamó la atención eso, en esos días era muy común que la gente usara el trampolín aéreo para dejar el país y encontrarse en otra parte con un futuro acorde a sus expectativas. Miró la cara del pasajero en el espejo retrovisor. Le imaginó un gesto entre satisfecho y culpable, como si estuviera huyendo. Entonces se le ocurrió la idea: ¿y si él fuera ese hombre, si pudiera irse venciendo todas las barreras de la moral, arrancándose de cuajo del pasado, convirtiéndose en un desconocido, dejando atrás todo lo que ya no quería ni necesitaba?

Se sorprendió al comprobar que ni un síntoma de culpa aparecía ante la idea. Después de todo, desde aquella noche en que una bala se había negado a pronunciar su nombre tenía la vida de regalo. El verdadero insulto era seguir viviendo así, como si nada hubiera pasado.

Tenía algunos amigos en Barcelona y en Madrid. Pero no, no podía contar con ellos si realmente quería dejar atrás a Nadia, Cecilia y las cenizas de su vida. Solo podría contactar a conocidos de la época del viaje, ignorantes de su ulterior trayectoria. Dejó al hombre en el aeropuerto y eso pareció debilitar la firmeza de su ocurrencia. Era una locura. Dejar a Nadia así, después de tantos años. Y Francisco, su pobre e inocente hijo. ¿Sería capaz de dejarlo a la deriva, de quitarle la guía vital de la figura paterna? ¿Y él, acaso no quería a su hijo, no preferiría morir antes que perderlo? Se dio una bofetada mental para desestimar el delirio. Era un día como los otros, como los anteriores y como los sucesivos, un mecanismo perpetuo sin sorpresas, perfectamente sincronizadas sus partes, eficiente e infalible. Se internó en la rutina, olvidándose de la espina que momentáneamente lo había descentrado.

Pero la idea delirante empezó a crecer entre los insomnios, ganándole espacio a la imagen del revólver en la guantera. Empezó a desarrollarla, entre divertido y culpable. Necesitaría ser muy preciso para llevarla a cabo, para que Nadia no se diera cuenta de alguna manera. Tendría que vivir una vida paralela, como con Cecilia, pero ya no sería el amor el estandarte de sus actos clandestinos, sino la venganza. ¿Contra qué, contra quién? ¿Contra Nadia, contra Francisco, contra el Uruguay, contra Carlos, contra su madre? Contra todos ellos, y fundamentalmente contra sí mismo.

Pasó meses preparando el viaje, ahorrando y pidiendo prestado a conocidos para pagar los pasajes, haciendo el papeleo, contactando conocidos de conocidos, ignorantes de su historia, que podían ofrecerle trabajo y alojamiento en los comienzos. Seguía pensando que el juego terminaría en cualquier momento, cuando el miedo superara la altura del placer. Llegaría, tarde o temprano, la hora de asumir que todo era una locura, tendría que parar y relegar la fantasía culpable al lugar correspondiente, volviendo, entre arrepentido y triste, a ser el esposo y el padre bidimensional, solícito y conforme.

El día elegido para la partida fue, casualmente, un viernes. Besó la boca de Nadia con un dejo de nostalgia a su pesar, mirando sus profundos ojos verdes durante unos segundos más de lo habitual al despedirse. Ella sonrió, ignorante del significado de esa despedida. Decirle adiós a Francisco le costó aún más. Besó al niño con un nudo cerrándose en su pecho. Al cerrar la puerta vio que el rosal, que Nadia cuidaba meticulosamente, estaba lleno de pimpollos. Manejó hacia el aeropuerto intuyendo, pero negando desesperadamente, que el pasado no puede ser dejado atrás, que siempre reclama su lugar, que lo que llamamos futuro no es otra cosa que capas acumuladas de pasado, como vetas del tronco de un árbol, imposibles de borrar con uno o mil gestos trágicos.

Y ahora doblo en la que viene y vuelvo, y se termina el juego, y nadie se habrá enterado nunca de nada. Puedo seguir un par de cuadras, o diez, o veinte, fingiendo que voy a tomar realmente ese avión, soñando con un lugar sin revólveres en las guanteras de los autos.

Se subió al avión con la sensación de estar haciendo una travesura, dejándose llenar por un placer perverso que casi lo arrastró hacia la risa durante el despegue. El vértigo del criminal aún lo embriagaba cuando pisó suelo español. Recién cuando estuvo en el hotel, mientras acomodaba sus cosas, el goce puro empezó a ceder ante las elucubraciones. Se había cumplido medio día desde que dejara el apartamento; en poco tiempo Nadia estaría buscándolo por todos lados, llamando a los parientes, a los ex empleados, a los hospitales, con un nudo cerrándose en la garganta, imaginando seguramente escenarios de tragedia. Ese pensamiento lo precipitó en una angustia repentina y desgarradora. Sintió como si despertara de una borrachera culpable. Pensó en llamarla de inmediato, pedirle perdón, prometerle que volvería en el próximo vuelo a Montevideo. No supo qué le impidió hacerlo, si el miedo o la vergüenza. Pensó en las preguntas que le haría Nadia, en la histeria de los gritos, en las justificaciones imposibles que podría ensayar. No quería justificarse; era menos insoportable y más auténtico aguantar el asedio de la angustia, revolcarse en ella como un cerdo, sin ceder a sus imperativos. El juego debía continuar. Se dio cuenta de que no había escuchado el canto de sirena del revólver en la guantera durante días. Quizás, sí, quizás si se concentraba lo suficiente en el miedo y en la angustia, tanto como para aprendérselos de memoria, milímetro a milímetro, pudiera encontrar en ellos, usando el tamiz de la locura buscada, del nonsense proclamado a gritos, una mísera pepita de felicidad, una inesperada perla reluciente que podría atesorar como propia, sin otro gesto que el de una sonrisa de reconocimiento.

Se quedó sentado mirando el teléfono, durante horas o minutos, intentando encontrar una explicación, o muchas pequeñas explicaciones que pudieran ensamblarse entre sí para darle algún sentido a lo que estaba viviendo.

No supo cómo ni cuándo se durmió; despertó al otro día, vestido, de cara aún a la superficie brillosa del teléfono. Miró la hora, sobresaltado. Estaba con el tiempo justo para salir y dar sus primeros pasos de hombre nuevo, momentáneamente en paz, ansioso de encontrar al olvido en alguna esquina. Tenía tres días libres antes de empezar a trabajar. Su plan había previsto, por supuesto, irse con trabajo asegurado, lo cual no le costó mucho, dada la red de contactos que había urdido en su viaje anterior, su prestigio, y el hecho de haber subordinado sus exigencias económicas a la necesidad de firmar un contrato de trabajo que le permitiera obtener la residencia legal. Salió a la calle y llenó sus pulmones de aire europeo, vaciándose del hastío acumulado durante años mientras remontaba la Gran Vía, dejándose permear por el bullicio de la metrópolis, sin saber bien hacia dónde ir pero sin que le importara demasiado. Caminó hasta gastar al día, silencioso entre las multitudes, abandonando un poco de Luis Shepard en cada baldosa, deseando más que sintiendo estar empezando una nueva vida. Los pensamientos y sentimientos de la noche anterior parecían tan lejanos como la propia Montevideo. Ya tendría tiempo de llamar a Nadia, pasados unos días quizás, cuando se le agotara el cosquilleo de la travesura. Al volver al hotel compró una botella de whisky y una caja de cigarros, que consumió con deleite, hundido en las arenas del silencio, sonriendo cada vez más abiertamente a medida que se iba emborrachando. Esa noche durmió con una placidez tal como no había conocido en años. Se despertó a mediodía, renacido y hambriento. Se dio una ducha y decidió que era el momento para empezar a hacer llamadas, necesarias para sostener la logística de la vida que estaba a punto de empezar.

Shepard se movía entre exiliados que recordaban con nostalgia su país, como se recuerda el primer amor, sus ritos iniciáticos, sus ternuras, la sensación de comunión, de pertenencia, condensada en un perfume o una voz, olvidando los motivos que hicieron fracasar la relación, las traiciones, el hastío, el sofocamiento. Recordar es vivir dos veces, y a nadie le gusta sufrir, y menos dos veces; la primera es inevitable, pero de la segunda tratamos de escapar por todos los medios. Así, los exiliados olvidaban el hambre, las penurias, el desaliento y todos los motivos que los habían obligado a irse, evocando una imagen idílica de sus tierras lejanas. Shepard los miraba con recelo, detestaba la edulcorada evocación, los discursos plañideros sobre el paraíso perdido, y el desdén hacia el país receptor; si olvidaban eso del país que los había desechado, ¿qué no serían capaces de olvidar sobre sí mismos? Los exiliados no extrañaban el asado, la rambla, el carnaval, la bandera, al vecino que pasaban años sin saludar, ni a las viejas que se colaban en la cola de la fiambrería del supermercado. Extrañaban el pasado, como todos, y daba la casualidad de que ese pasado, esa juventud perdida, esos días de gloria, habían acontecido en ese lugar geográfico llamado Uruguay, como podía haber sido en cualquier otro lugar. Para ellos, también, la patria era el pasado, pero no tenían, para vivirlo, los mojones físicos en los que había sido tallado. En cambio, Shepard, más que exiliado, era un fugitivo, y el contacto con aquellos implicaba un acercamiento de las cosas de las cuales había decidido huir.

Pero tampoco fugitivo, porque el fugitivo puede alejarse de su perseguidor, obtener un mínimo de tranquilidad durante un tiempo mediante el movimiento continuo y el ocultamiento. Pero ¿cómo huir de los recuerdos, cómo huir de la propia vida, cómo borrar las huellas que nos siguen, dejar atrás a eso otro que es uno mismo? ¿Cómo burlar a la propia sombra si no es internándose en las tinieblas? Era como un perro persiguiéndose la cola, girando en una fuga perpetua y de propiedades casi cuánticas, que lo acercaba, en el mismo movimiento de la huida, a lo que pretendía dejar atrás. Los exiliados no huían, eran perseguidores, buscaban algo que habían perdido y pretendían reencontrar, y en la añoranza percibían un leve perfume de reencuentro con quienes habían sido alguna vez.

 Para él, pensar en Uruguay era pensar en cosas que no quería recordar, como él mismo, por ejemplo. Por eso rehuía a los emigrados. Por eso y porque no quería encontrarse con conocidos suyos o de Nadia.

Necesitó de algunos de ellos para instalarse en Madrid, pero una vez asentado fue espaciando los contactos cada vez más, hasta lograr no tener que ver a ningún uruguayo, excepto cuando era estrictamente necesario o cuando la casualidad lo imponía.

Parecía que todo había salido bien, era libre, la existencia depresiva había quedado en la sala de embarque de Carrasco y el naufragio no lo había chupado a las profundidades. Una nueva vida se le presentaba en bandeja, pronta para ser tomada.

Empezó a trabajar con la excitación propia de quien se reencuentra con un viejo amor, con un despliegue de energías digno de sus mejores años. Abrió sus sentidos, martirizados durante meses de abstinencia, a los aromas, los colores, los sonidos sacramentales, sintiéndose en su elemento, como una fiera que logra escapar de su jaula para internarse en el ámbito feliz de la jungla. Pero se sorprendió al ver que no recibía lo esperado.

Cuando perdió el restaurante se vio obligado a dejar de cocinar, por primera vez desde su iniciación en el oficio. Ansiaba recuperar lo que había perdido, pero no extrañaba la cocina. Pensó que era por la sumatoria de las agotadoras jornadas en el taxi y de las consecuencias de sus complicaciones emocionales. Había asumido que, cuando esas cuestiones se solucionaran, todo volvería a la normalidad. La gastronomía era su vida, la tabla de salvación a la que se había aferrado en los peores momentos, la única actividad humana, aparte de la música, que consideraba sagrada y que lo colmaba.

Sin embargo, al empezar a trabajar en Madrid, se dio cuenta de que algo no estaba en su lugar.

Tanta ansiedad, tanta frustración, me hicieron magnificar el retorno. Pero no vuelvo al paraíso, sino a la tierra, lo que no es poco, a la tierra que nutre, al humus que me alimenta, al motor que impulsa mi sangre a través del cuerpo. Quizás haya cosas que se rompieron definitivamente en el naufragio, que quedaron atrás. Tendré que vivir con eso.

No era lo mismo. Al principio se estacionó en la negación y en la esperanza, esperando que la magia lo reencontrara inesperadamente cualquier día. Pero pasaban los meses y se iba desgastando en la espera. Una mañana, llegó al restaurante antes de lo acostumbrado. Entró en la cocina, paseó la mirada por los relucientes escuadrones de espumaderas y cucharones alineados y listos para ser usados. Se encontró con las bocas mudas de las ollas, que por primera vez le negaban sus promesas. Sintió que un desfallecimiento pugnaba por derribarlo. Abrió más los ojos, hasta que le dolieron, tratando de ver. Nada. Por primera vez en su vida no tuvo ganas de cocinar. Cuando tomó conciencia de eso se sintió profundamente desgraciado. Comprobó, con horror, que solo era un trabajo para él, una forma casi como cualquier otra de pasar el tiempo, con la única ventaja de que la podía llevar a cabo con solvencia. El amor, la pasión, la ambición de extasiar con su arte habían desaparecido. Eso fue peor que si trabajara en algo totalmente ajeno, peor que si limpiara baños. Como cuando se convive con alguien que fue muy querido, pero ya no lo es, y cada día de coexistencia solo agrega agravios mutuos que destruyen paulatinamente aquel cariño, quedando finalmente un odio peor que el que se siente por el peor de los enemigos. Como le había pasado con Nadia. Había perdido el gusto por aquello que más lo apasionaba en la vida. Decidió hacer lo que mejor sabía: alejarse, dejarlo. Incapaz de pronunciar un sortilegio que hiciera renacer la magia, renunció.

Después supo que dejar la cocina había sido una forma de autocastigo, de arrinconarse sin tregua, de condenarse sin apelación. No podía volver a cocinar hasta lavar su culpa. Pero esa explicación le llegó más tarde, surgida de la acción esclarecedora de los días, y sobre todo de las noches. Consiguió trabajo como peón de cocina en una fonda de mala muerte, regocijándose en el anonimato y sintiéndose aliviado por realizar tareas mecánicas y repetitivas. Dejó el hotel y alquiló un apartamentito en Moratalaz, donde se mimetizó como uno más entre los ecuatorianos y argentinos que vagaban como zombies por todos lados (pero evitaba escrupulosamente a los uruguayos), se hizo hincha del Atleti, se dedicó a recorrer las fondas y los bares con un sentimiento de liberación en el alma.

Una noche, en un bar de la calle Marroquina, conoció a una rubia teñida andaluza, de cuarenta y tantos años, la invitó con unas copas y terminaron juntos en su apartamento.

-¿Cómo te llamas?-le preguntó en la cama, con un poco de culpa por no haber hecho antes la pregunta, entreviendo su perfil en la penumbra del cuarto a través del humo del cigarrillo, que rizaba el aire espeso de mayo.

-Concha, ¿y tú?

Le causó mucha gracia, que disimuló convenientemente, haberse acostado con una mujer llamada Concha. Dos meses después, cuando ella entró al piso cargando dos valijas de ropa y se instaló a vivir con él, ya se había acostumbrado a su nombre.

Ella solía decirle, cuando Shepard hacía algo que no le gustaba, y se encontraba de un humor suficientemente bueno como para no insultarlo: -Así no, tío, déjame que te muestre.- Después, cuando Concha fue solo un byte más en su archivo de recuerdos, Shepard rememoraba esa voz impaciente, como una cascada crecida por una lluvia que se ha producido a miles de kilómetros de distancia, diciéndole: -Así no, tío, déjame que te muestre.- Y el recuerdo de la palabra tío, mástil o tridente, en todo caso algo puntiagudo y sobresaliente, pronunciada por esa voz, lo llenaba de tristeza. Concha era una mujer directa y conflictuada, divorciada dos veces, con dos hijos veinteañeros que hacían poco por verla, hija menor de un matrimonio sevillano de sólida posición económica. A los quince años se había escapado rumbo a Madrid con el que sería su primer marido. Tomaba somníferos, gritaba al hacer el amor, lloraba a la hora en que los domingos se sumergen en la oscuridad de su agonía, y mantenía una fluctuante relación de amor y odio con su pasado. Concha hablaba de su vida en las noches, puntualmente, como si la oscuridad despertara en ella un reflejo del que no pudiera sustraerse. Él no tenía que preguntar nada, bastaba un mínimo estímulo, un aviso en la televisión, una comida, una palabra, para que ella empezara a hablar de sus maridos. El primero, el vendedor viajante al que había amado con locura, con un amor que se había consumido en su propia incandescencia al cabo de cinco años, o el segundo, un industrial que le había proporcionado una vida de comodidades que se terminó cuando la cambió por una mujer más joven. También le hablaba de sus numerosos amantes, los inagotables, los maniáticos, los perversos, los románticos. Ella contaba sus historias sin mirarlo, con la vista perdida en un punto indeterminado del techo, como si estuviera hablando consigo misma, o soltando en el aire algo que se le hacía difícil conservar dentro, un dolor o una incertidumbre. Shepard la escuchaba con el mismo gesto de distanciamiento, con un brazo rodeándole la espalda, fumando casi siempre, sintiendo que las historias que la mujer desangraba lentamente sobre su cama formaban parte de un capítulo de la irrealidad en la que se había internado desde el día en que se subió al avión que lo dejó en España. Nunca llegó a amarla del todo, si es que existen graduaciones para el amor, pero descubrió en ella el mérito de despertarle una ternura que llevaba dormida mucho tiempo en su interior. Por otra parte, vivir con ella era como dormir con un cartucho de dinamita bajo la almohada. Shepard se sentía como si le hubieran puesto una bomba en una mano, hecha de alguna sustancia química altamente volátil, y coronada por una maraña de cables de distintos colores, y un alicate en la otra, y él debiera cortar el cable correcto, el único que desactivaría la bomba. Usualmente la bomba estallaba. Una palabra o un silencio a destiempo, la tapa del inodoro mojada, o una Coca Cola mal cerrada bastaban para detonarla. Entonces, Concha arremetía contra él, lanzándole las más castizas maldiciones, enrostrándole su inutilidad, soltando sus quejas sobre haber terminado su vida con un perdedor como él. Los insultos salían de su boca como hormigas furiosas, salpicándole la cara, desparramándose en el aire hasta llenar el piso con su frenesí. Shepard la miraba, silencioso, con una mueca cínica, fumando con negligencia, dejándola gastarse en su ferocidad. Eso enfurecía más a Concha, que redoblaba la intensidad y el tono de sus ofensas, hasta lanzar el primer golpe, torpe, que a él no le costaba esquivar o detener. Ella, con los brazos inmovilizados por las manos de Shepard, no paraba de gritarle, clavándole sus ojos mediterráneos.

-¡Sudaca de mierda, hijo de una gran puta, vuélvete a tu país de mierda de una puta vez, fracasado, no sirves para una mierda, no sirves ni para follar decentemente a una mujer, picha corta, indio de mierda!

Un certero cachetazo, a veces dos, cortaba la retahíla, y la escena se cerraba con Shepard pegando un portazo sin decir palabra, yéndose a pasar el resto del día a la calle, dejándola sola con el manantial de sus lágrimas, enredada en el ovillo de sus maldiciones que atronaban contra la ventana del apartamento.

Después llegaban las reconciliaciones. No eran ellos los que se reconciliaban, eran sus soledades, sus pieles que se buscaban, que los desbordaban y los sumergían en un naufragio sin sobrevivientes; dulces como relámpagos sus cuerpos se encontraban, como si fueran conscientes de que no tenían razón de ser uno sin el otro, de que no había un mañana posible. Shepard se sentía inesperadamente joven cuando ella lo miraba, con los ojos entrecerrados, llamándolo con una voz salada y espesa, proclamando las consignas de la entrega sin concesiones. Entonces se reinventaban, fugados más allá de sus amarguras y sus impulsos autodestructivos, eran capaces de establecer una tregua entre sus ganas y sus carencias por unos días, hasta que las sombras volvían a oscurecerlos, cubriéndolos con una saña silenciosa, filtrándose entre sus órganos, sus silencios y los desperfectos empecinados del mundo.

Pero esos momentos se fueron volviendo cada vez más escasos. Las peleas se deslizaron lentamente por una pendiente cada vez más pronunciada, arrebatándole terreno a los abrazos y los gestos de ternura y reconciliación, arrinconándolos contra momentos cada vez más inaccesibles.

Una tarde, al volver al apartamento después de una pelea que lo había impulsado a caminar la ciudad durante horas, no la encontró. Habían discutido toda la semana, y ese día, por primera vez, Shepard había cerrado el puño para devolver el golpe, haciendo sangrar la nariz de Concha. Volvió arrastrando el peso del arrepentimiento. Ella no estaba. Shepard comprobó que se había llevado su ropa y empezó a llamarla desesperadamente, sin que lo atendiera. Cuando estaba por salir para el bar recibió un mensaje de texto.

"No podemos seguir así. Por lo que fuimos, por lo que hemos sido, debemos terminar ahora, porque esto va de mal en peor y ya no tiene solución. Aquella magia que nos unía ya no existe, se nos perdió en alguna parte sin que nos diésemos cuenta. Fui feliz contigo, pero ya no. Tú, lo sé, nunca fuiste feliz conmigo, solo un poco menos desdichado, al menos al principio, pero incluso eso que yo te daba y que no sé qué era ya no está. Que seas feliz."

La llamó nuevamente, sin esperanzas, empequeñecido ante el incipiente soplo de la soledad entrando por la ventana semiabierta, moviendo la cortina con dedos lánguidos y triunfales. Del otro lado de la línea nadie contestó, no se abrió un Mar Rojo para dejar pasar la voz de Concha, los lamentos, los juramentos, o simplemente la piel de su voz tiritante llamando sus abrazos, urgiéndolo a extender un ramo de disculpas y de promesas de risa y de cama.

Entonces supo lo que era la soledad, y supo que la soledad es relevante únicamente cuando uno se siente solo. Después de la muerte de su padre y en los últimos años de su relación con Nadia había estado solo, rodeado por nadie, por nada más que una soledad cartilaginosa envolviéndolo sin tregua. Pero en ese entonces tenía la cocina, tenía aquello que lo volvía inmune al acoso de la soledad y del miedo, su patria de cuchillos y fuego, su blasón y su estandarte.

Deambulaba por Madrid como un espectro, deteniéndose a mirar a las familias, dejándose mojar por la marea de la tristeza al contemplar a las parejas paseando por el parque del Retiro, ronroneantes como gatos, irradiando pulsos de felicidad en las manos entrelazadas, en las risas sin sentido rodando fuera de las bocas felices. Transcurría, sin objetivos ni esperanzas, mirándose envejecer en los reflejos de las vidrieras y en el pelo obturando el desagüe de la ducha. Volvió, como tras la muerte de su padre, a interpretar la comedia pautada por entreactos de tabaco, alcohol y putas tristes.

Se hizo amigo de unos vecinos de piso. Pedro era un tipo simpático, treintón, charlatán, de los que nunca encuentra motivos para quejarse, aunque lo sorprenda un huracán en la calle sin paraguas. Al principio hablaban en el ascensor de tópicos típicos: el tiempo, fútbol, actualidad. Fueron entrando en confianza, hasta que un domingo Pedro lo invitó a almorzar. Estaba casado con María, una muchacha regordeta y bienhumorada, unos diez años más joven que Pedro. Se habían conocido en la tienda en la que trabajaban como vendedores, dejándose llevar por una relación que los buscó y a la que no opusieron resistencia. Tenían un hijo, un inquieto chaval de cinco años que era el sur y norte de sus padres, un déspota adorable que disponía a su antojo del tiempo y las energías de la pareja, sin producir mella visible en su ánimo.

Algunos sábados o domingos de tarde Pedro se daba una escapada hasta el apartamento de Shepard, donde miraban un partido de la liga española, se tomaban unas cervezas y mantenían charlas de hombres.

-Hombre, un hijo es lo más grande que puede darte la vida. Es distinto a cualquier otro amor, tú no esperas nada de él, la felicidad te viene de solo verlo, de verlo reír, de que te diga papá, de esas cosas sencillas. Yo soy otro hombre desde que nació Iván, te lo puedo decir. He aprendido a valorar otras cosas que las que surgen de establecer relaciones de costo y beneficio. Mantener un crío es muy costoso hoy en día, y el tiempo que te quita de dedicarte a tus cosas después no lo recuperas. A veces maldices por no tener tiempo para leer un libro, para tomarte unas copas con tus amigos o para follar con tu mujer más seguido. Y sin embargo eso no es nada, ¿entiendes?, eso no es nada te digo, comparado con todo lo que ganas; es algo del alma, algo que los economistas no pueden medir, ni los psicólogos definir, ni los poetas cantar.

Shepard había escuchado muchas veces discursos semejantes de apología de la paternidad. Nunca habían logrado moverlo mucho más allá de las fronteras de una simpatía tierna, de una palmadita en el hombro y una sonrisa de premio para tanto entusiasmo. Pero las palabras de Pedro vibraban con una frecuencia más alta en sus oídos. Despojado del manto protector del ego, con las pasiones muertas y enterradas, quedaba expuesto a la felicidad ajena, como un ciego que toma conciencia de que existen los colores.

Una tarde le contó su historia. Con voz ajada por la rispidez de los recuerdos, le contó sobre Nadia, Cecilia, Francisco, sobre el Shepard que había muerto dentro de un taxi en Montevideo en una madrugada de hacía cien años y sobre el espectro que había desembarcado en Barajas en 2003.

-En realidad, no extraño. Si extrañara todo sería más fácil. Se trata de la moral, el no poder mirarte al espejo sin ver a un tipo despreciable. Tampoco es que siempre sea así, es más como una enfermedad crónica, que remite por varias semanas o incluso meses, y una mañana vuelve, antes de abrir los ojos te das cuenta de que está ahí. Pero no valdría, ¿no? Volver para tranquilizar la conciencia, como un criminal que se porta bien para acortar su condena, sin sentir verdadero arrepentimiento. No puedo, no puedo asumir eso.

Terminó el relato, dejando que el silencio los mojara, esperando que les llegara al cuello, todavía sin saber por qué había dicho lo que había dicho a un casi desconocido con el que se juntaba a mirar partidos de fútbol. En casi cuatro años de relación, nunca le había contado a Concha sobre su pasado, no lo importante, no lo que realmente necesitaba decir.

Pedro sostenía una lata semiabollada de cerveza en una mano, mirándolo con ojos indecisos, sin poder evitar que la incomodidad le tensara el cuerpo.

-Pero hombre, eso no está bien.- Dejó la boca abierta, como para agregar algo, una idea que recorrió el paladar, bajó hasta la lengua, giró hacia el orificio del mundo, para quedar colgada a último momento del labio inferior, enganchada de algún reborde sin lograr ser emitida. Sin dejar de mirarlo, tomó un sorbo de cerveza.

Y ahora se levanta y se va. Ya me juzgó y me condenó, sin posibilidad de apelación. Y está bien, no esperaba otra cosa, y en definitiva creo que lo estaba necesitando, que el juicio y la condena vinieran de afuera por una vez, para sentirlos mientras se adhieren en la piel, como plástico fundido atravesándola, disolviéndola, exponiendo la pulpa roja a la intemperie. Que se vaya, ya no me sirve para nada, ya vi el asomo de asco amaneciendo en la mirada, no necesitaba nada más que eso. Que se vaya.

Pero Pedro no se fue. Permaneció inmóvil, mirándolo con algo parecido a la incomprensión, descubriéndolo después de meses de charlas de vecinos amables siendo lo que tenían que ser ante el otro.

-Eso no está bien, hombre. No está bien hacerle eso a un hijo, pobre criatura. Déjate de rollos raros y haz lo que tienes que hacer. Sé un hombre, lo demás es puro cuento. Shepard le sonrió a la rectitud de Pedro, mimándola como a un cachorro de una especie en peligro de extinción. Pero Pedro pareció interpretar otra cosa, ironía o burla, las reacciones a las que estaba acostumbrado cuando ponía sobre la mesa su rectitud.

-Me tengo que ir.-Dejó la lata sobre la mesa, sin terminar. Lo miró por última vez, descargando en silencio el resto de lo ya innecesario.

-¿Pero no te vas a quedar a ver el partido?-preguntó Shepard, sin evadir la malicia de la pregunta.

-No, en serio, tengo que irme, gracias por todo.

No volvieron a hablar. Shepard, innecesariamente divertido, lo vio esconderse más de una vez para evitar compartir el ascensor.

Sexta parte: Francisco

Cruzó la puerta del bar y enfrentó al frío madrileño después de saludar a los últimos compañeros de naufragio. El día aún era una amenaza, o una promesa, latente bajo un manto de nubes que lastraban el horizonte. Caminó hacia la parada del autobús con la cabeza hundida en el cuello del abrigo, prendiendo un cigarro por el camino. Levantó la vista hacia la calle, desierta a esa hora, con el asfalto amodorrado y las luces porfiadas en su combate a la oscuridad. Un hombre con aspecto de no haber dormido pasó silbando calle abajo, pateando en su camino las aventuras de la noche.

Shepard pensó que en Montevideo en ese momento eran las tres de la mañana, hora de la resistencia heroica de los últimos bares, refugio de los insomnes, de los bohemios de los desesperados. Después del cuarto whisky, hacía ya un par de horas, había empezado a sentir una molestia en la boca del estómago, una sensación opresiva que le dificultaba la respiración. Decidió caminar hasta una farmacia y comprar sales digestivas. Notó que le pesaban las piernas, aminoró el paso, tuvo que detenerse bajo el efecto de una náusea que le dobló el cuerpo. El cigarrillo cayó de su boca, sostuvo con las manos en las rodillas, buscando un lugar donde sentarse. No encontró, por lo que se apoyó contra una pared. La molestia se había transformado dolor, llenándole el pecho. Una muchacha con aspecto de estudiante se detuvo mirarlo.

-¿Se siente bien, señor?

Shepard se sentó, casi desmoronándose, en el piso. Miró a la muchacha y con un hilo de voz le dijo:

-Llama a una ambulancia, por favor.

A partir de ese momento su conciencia perdió continuidad, cayendo en un estado intermitente salpicado de un vaivén de voces porosas, manos como hojas tocándole el cuerpo, y la cara del miedo dibujada en las primeras nubes de la mañana, danzando antes sus ojos.

Despertó en una cama que no era la suya, con un tubo de goma insertado en una mano y un tajo en el pecho.

-Tuvo suerte.-le dijo el cirujano- sus arterias coronarias estaban completamente obstruidas, tuvimos que hacerle un by-pass de urgencia para salvarle la vida. Amigo, usted nació de nuevo.

Después del infarto los pasos del tiempo se hicieron lentos, dejándole horas largas que no podía combatir con los perdidos antídotos del trabajo ni de las rutinas nocturnas. Y lentamente, en ancas de las horas, como colonos interminables movidos por la fiebre del oro, empezaron a llegar las naves de la angustia. Pensar que podía haber muerto sin haber vuelto a ver a Francisco. ¿Y si su hijo, en algún momento de su vida, decidiera buscarlo, aunque fuera para pedir una explicación, o para gritarle su odio cara a cara? También lo privaría de eso, sumada al abandono estaría la frustración del reencuentro imposible. El equilibrio interno de las fuerzas opuestas que lo cruzaban se alteró, y a partir de entonces el exilio tomó el rumbo irreversible de las ansias de retorno. Ya no le importaba no sentirse merecedor del indulto, las ganas de ver a su hijo desbordaron los reparos morales y el miedo a la condena definitiva.

Todos los meses, durante el lapso del exilio, le envió plata a Nadia, usando nombre y dirección falsos, solo por las dudas, porque sabía que ella no se preocuparía por buscarlo. Conociendo a Nadia, no le resultaba difícil asumir que ella consideraría una capitulación tratar de ubicarlo y hablarle, moriría envenenada por su propio orgullo antes de hacer eso. También sabía que ella no rechazaría el dinero, porque el límite para su orgullo lo marcaba el bienestar de Francisco. No lo hacía para sentir su conciencia limpia, sabía que Francisco no pasaría hambre, porque ella haría lo que fuera para que eso no ocurriera, trabajaría dieciocho horas por día, robaría, se prostituiría con tal de que a su hijo no le faltara lo necesario. No, lo hacía porque sentía que era su deber, aun sabiendo que la parte principal de su deber de padre, la presencia, era a lo que había renunciado. Después del infarto, ese alivio de Pilatos se volvió insignificante, totalmente insuficiente para aquietar las aguas desbordantes del remordimiento.

El dolor. Las veces que habrá llorado, las veces que habrá pedido explicaciones. Cada segundo, cada instante, cada lágrima, cada una de ellas, nacidas de mi semilla, mías en la distancia, acusaciones contra un hombre que no tiene defensa posible. Una parte de mí, abandonada, un muñón sangriento que no para de doler. No me va a alcanzar la vida para pagar, sé que no merezco otra cosa que una escupida en la cara, sé también que eso va a ser un consuelo, un final y un principio, la piedra de toque de algo nuevo y necesario.

Salir a la calle empezó a convertirse en un ejercicio peligroso. Bastaba ver a un muchacho más o menos de su edad para volver a escuchar el ladrido insistente, imposible de acallar. Porque las cosas nunca se sienten tanto como cuando hay un continente de distancia entre uno y ellas. Los sabores, las voces, el tablero caótico pero familiar de las calles que te vieron nacer y crecer, las esquinas donde diste un beso o temblaste ante una despedida, la transpiración de los recuerdos es incontenible, se vuelve omnipresente. Pero Shepard no extrañaba los cafés ni los cabarets ni el timbre de alguna puerta memorable, ni la rambla ni el mate ni ninguna de las pálidas señas de identidad que se nos adjudican. Tampoco extrañaba la vida de familia, esa trampa agobiante de la que había escapado antes de que la vida se le quedara seca y momificada como una, flor envejecida entre las páginas de un libro. No se sentía atraído por el retorno, por el regreso al museo de la vida anterior al exilio, no era ese el fuego que ardía en su sangre cuando pensaba en volver. Pero tampoco era volver, era empezar una nueva etapa del mismo viaje, finalizar la escala madrileña de diez años para impulsarse hacia adelante, hacia el abismo del futuro que lo esperaba, para bien o para mal, entre las caras del pasado.

Una noche, mientras cocinaba la cena, una de esas raras ocasiones en que se permitía disfrutar de su viejo amor en lugar de comprar la comida, con la voz cascada de Louis Armstrong llenando el ambiente, se dio cuenta de que la angustia y el ansia contenían algo más, algo que temía reconocer y nombrar, pero que ahí estaba, no solo presente, sino vivo, no como un rasgo periférico de esos sentimientos sino núcleo, carozo contundente e indestructible de sus insomnios.

No es solo remordimiento. No se trata solamente de la necesidad de pedirle perdón, de exponerme a su juicio, a la absolución o a la condena. Es también otra cosa, más honda y más grande, como una garúa silenciosa que me moja los dedos, las tardes y los sueños, algo que me arrincona contra el insomnio español, llamándome, pulsando en mi pecho sincronizadamente con el remordimiento, pero sobrepasándolo. Es algo parecido a los pies de Cecilia en la arena aquella tarde, a las manos de mamá, que invento más que recuerdo, cuando me acomodaban las cobijas en invierno, a la imagen de Nadia y Selva probando mis sorrentinos aquella primera vez. Llamémoslo amor, pongámosle ese nombre, a falta de otro más sintético, a falta de una palabra que explique, defina y abarque esta sensación en el pecho, este vacío. Amor de padre, conteniendo, implícita entre los trazos de las cuatro letras, la necesidad irremontable de saber, de ver, de escuchar esa voz crecida sin mí a pesar de haber nacido, en cierta forma, de mí.

Vio cómo los trozos de zanahoria que había picado, casi maniáticamente iguales entre sí, se ocultaban tras una película líquida que se interponía entre ellos y sus ojos. Se pasó las manos por la cara, descubriendo la húmeda primicia de las lágrimas, que rodaban incontenibles por la piel avejentada. Dejó que se precipitaran en su boca. Tenían el sabor del arrepentimiento. Se sintió desnudo bajo la inclemencia del sentimiento desatado, atravesado por un dolor infinito, pero diferente al de aquella noche en el taxi, un dolor de notas dulces, posible porque había nacido de su opuesto, nutrido por la savia de los días perdidos. Sintió, entonces, que era el momento de firmar la paz incondicional, sin importar qué tan grande fuera la derrota.

Pedro guardó las provisiones en sus correspondientes lugares en la alacena y la nevera. A sus oídos llegó el sonido del televisor. Iván estaba viendo La Era del Hielo por enésima vez, acompañado de María, quien probablemente estuviera dormida a esa altura de la película.

Miró la hora en el reloj de pared. Ya eran más de las nueve de la noche. Tendría que llamar a pedir comida. Sacó una lata de cerveza, sintiendo en los dedos el tacto frío del metal. En ese momento sonó el timbre.

Era el vecino del 502, pálido como una sombra. Hacía meses que no se hablaban, desde la charla en que le había revelado que había abandonado a su esposa y a su hijo.

-Me voy, me vuelvo a mi país. ¿Podrías acompañarme? Mi vuelo sale mañana a las diez.

Pedro permaneció en el marco de la puerta, absorbiendo la sorpresa generada por el inesperado pedido. Miró a Shepard, vio en la cara pálida las marcas recientes de la desolación, y también, más tiernas, las de una esperanza renovada. No pudo evitar que un cimbronazo de compasión se le desparramara por dentro.

-Es que mañana trabajo. A esa hora no puedo.

Shepard dejó que las palabras murieran, mirándolo sin sorpresa, en realidad sin mostrar ninguna emoción.

-Entiendo. No te preocupes. Saludos a María y a Iván.

Se dio la vuelta sin esperar respuesta, percibiendo de reojo la confusión en la cara de Pedro. Entró al apartamento y se sentó a fumar, dejando morir a los minutos, rodeado de silencio, abrigado por la oscuridad. El sonido del timbre lo sacó de su ensimismamiento. Era Pedro, enarbolando una mirada de arrepentimiento.

-Mira, lo hablé con María y decidimos que voy a acompañarte. Paso por aquí a las ocho. ¿Qué dices?

Shepard inclinó la cabeza afirmativamente y sonrió.

-A las ocho. Vale.

Llovía sobre Madrid el día del regreso. Shepard casi no habló durante el trayecto, dedicándose a mirar el tamborileo de los dedos de la lluvia sobre el asfalto. Pedro manejaba solidario en el silencio y el aire inminente de la partida. Entre los sentimientos que dominaban a Shepard en el viaje a Barajas prevalecía el de estar delineando, guiado por una mano invisible, liviana pero firme, los trazos definitivos de un círculo, o de un dibujo cuyo significado no se puede descifrar antes de estar terminado. Un dibujo iniciado mucho tiempo atrás, en alguna muerte inadvertida, en alguna alegría breve de la infancia, en las cenizas del primer cigarrillo, o en la cama triste de algún prostíbulo de la juventud amanecida. Madrid iba quedando atrás, como un sueño que nunca terminó de definir sus formas y colores, y que no será recordado al despertar. Diez años de residencia en España no habían bastado para derrotar a la sensación de simulacro que lo envolvió desde el primer día, como si las calles por las que transitaba fueran decorados de cartón, que se derrumbarían en cualquier momento, dejándolo frente a frente con el paisaje del que había intentado desprenderse tomándose un avión y cruzando un océano.

Empeñado en eludir momentáneamente al miedo a lo que vendría, imaginaba razones que la gente postularía para su regreso. Podían decir que volvía porque extrañaba, porque el vacío del desarraigo se le había vuelto insoportable, porque ya no tenía nada que hacer en Europa, si es que alguna vez lo tuvo. Podían decir que volvía por la crisis, por eso que los europeos, olvidados ya de sus pasadas penurias, llamaban crisis, y que un pobre tercermundista podría confundir fácilmente con la prosperidad.

Volvía porque estaba cansado de que en su vida todo le pasara a él, y porque debía reconocer que no le había sido posible moverse hacia la periferia de sus fracasos, que se habían obstinado en caer hacia el centro de sus días madrileños, indiferentes hacia el cambio de paisaje, de rutinas y de actores de reparto.

Volvía porque se sentía viejo y cansado, con un infarto encima, obligado a tomar medicamentos contra la hipertensión y a cuidarse en las comidas, con una prohibición ignorada de seguir fumando (si no lo había dejado al ver morir a su padre con los pulmones consumidos menos lo haría por él mismo), con menos pelo, más kilos y unas ganas rabiosas de ser feliz de una vez por todas.

Volvía, sobre todo, por el llamado de una cara imaginada en el insomnio, que lo miraba con la sombra de una acusación en los ojos, una cara que lo contemplaba en la superficie del café humeante, en los andenes de la estación del metro, en las lluvias repentinas que lo sorprendían en la calle. Una cara a la cual le imponía algún rasgo caprichoso, porque le costaba proyectarla desde la del niño de cuatro años que había dejado atrás al irse, y entonces podía permitirse imaginar con libertad el grosor de las cejas, la sonrisa, las miradas de tristeza o de felicidad que la cincelaban día a día.

Muchas veces, en sus enfrentamientos cuerpo a cuerpo con el remordimiento, y con las ganas de reparar su crimen, en la medida en que eso fuera posible, se había dicho que lo mejor era dejar las cosas como estaban, que estaba enfrentando un castigo justo por su actitud, y que no le haría ningún bien al muchacho que se reabrieran heridas que a esta altura probablemente ya hubieran cicatrizado bastante bien. No, no había perdón para él, ni redención posible.

Ser un hombre. Afrontar las consecuencias como un hombre. Aceptar lo que venga, como justo precio a pagar por la infamia. Si resulta que ahora te importa, si realmente te importa dejalo en paz, dejalo con su vida, con su madre, sus amigos, su probable novia, su equipo de fútbol y sus pasiones. Dejalo ser lo que es, no gracias a vos, sino a pesar tuyo, sobreponiéndose al golpe que le asestaste a traición. No tenés nada que reclamar.

-Parece que va a llover un buen rato.-dijo Pedro, aburrido de la espesura del silencio, que empezaba a adherírseles a la piel.

Al subir al avión no pudo evitar recordar el sentimiento de insensata alegría que lo embargaba diez años antes, al hacer el viaje inverso al que ahora emprendía. Sus sensaciones eran muy distintas, esta vez no tremolaban en su cuerpo las emociones de la huida, sino que reverberaba en su piel una excitación que mezclaba ansiedad, temor y esperanza.

Al mirar el nuevo aeropuerto de Carrasco pensó que había llegado a otro lado, que su regreso no era tal y que un país no esperaba a nadie durante tanto tiempo. Pero al entrar en la ciudad y reconocer el saludo de la mugre en las veredas, indolentemente expuesta, también supo que hay cosas que nunca cambian. Buscó una pensión en el centro, dejó sus cosas y salió a caminar, con su ánimo oscilando entre el vértigo del reencuentro con el aire montevideano, con las baldosas rotas, con los árboles de las veredas, con el acento ya casi olvidado, y el miedo de que alguien lo reconociera. Tomó nota, con un poco de tristeza, de los signos colaterales que una década de bonanza había imprimido en la gente: el exhibicionismo, la fiebre consumista, gente hablando por teléfonos móviles en todas partes, todo el tiempo, la aceleración en el ritmo de vida. También vio que la desesperanza y el miedo imperantes cuando se fue habían sido reemplazados, no por la fe en futuros venturosos sino por una inconsciencia impaciente, hija de la inmediatez, de la necesidad del todo aquí y ahora. Comprendió, con resignación, que le costaría un tiempo dejar de sentirse extranjero. Todo era cuestión de dejarse llevar, de entrar en las estaciones previas a la vejez con el convencimiento de que había cosas que ya no tenían remedio, y de que había que prescindir de ellas para concentrar las fuerzas remanentes en las otras, en una ofensiva de un solo frente, una blitzkrieg vital que pusiera en su lugar todo aquello de lo que se había olvidado hasta el momento, por necedad o por miedo.

Un cosquilleo inesperado lo recorrió por los cuatro puntos cardinales mientras enfilaba por Eduardo Acevedo hacia la rambla. Estaba contento por nada, no como consecuencia de un triunfo de la voluntad, un beso de la suerte o una noticia bienaventurada. Estaba contento porque el aire tibio le acariciaba la piel, porque estaba vivo y moviéndose, porque el futuro de alguna manera estaba intacto.

Al enfrentarse a la cabellera gris del río se detuvo un momento, dejando que la felicidad se le condensara en la piel. Gente pasaba corriendo a sus espaldas, y más allá una caravana interminable de autos imponiendo su ley sobre el asfalto. Prendió un cigarrillo, lo fumó de cara al río, pidiéndole perdón en silencio. Caminó hasta cansarse, hasta ver blanquear en el cielo la cicatriz olvidada de la Cruz del Sur. Volvió a la pensión en ómnibus, temiendo que se le muriera ese día, tenso por la tarea de pensar en ubicar a Nadia y hablarle lo antes posible.

-Hola.

-Hola. ¿Quién habla?

-Luis. Luis Shepard.

Se levantó un silencio espeso del otro lado de la línea. Shepard imaginó la cara de sorpresa, el torbellino de pensamientos entrechocándose en la cabeza de Nadia.

Le cortaron. Volvió a marcar, pero nadie atendió. Insistió, pero su insistencia golpeó una y otra vez contra el silencio, sin hacerle mella.

Al otro día volvió a llamar, esta vez desde otro teléfono para eludir la vigilancia de un posible captor.

Una voz masculina, joven, contestó.

-Hola.

¿Sería él? Shepard sintió que se ahogaba. Tapó el tubo con una mano, tomó una bocanada honda de aire y contestó.

-Quisiera hablar con Nadia González.

-¿De parte de quién?

Tuvo que pensar rápido, no había previsto esa eventualidad.

-De un amigo de Selva, la hermana, llamo de parte de ella para hacerle una consulta.

Escuchó la voz del muchacho llamándola, esperó durante interminables segundos a que ella hablara.

-¿Quién habla?

-Soy yo, si me cortás voy para ahí y hablo con él. No hagamos las cosas más difíciles, por favor.

-¿En qué lo puedo ayudar?- Francisco debía de estar cerca y ella disimulaba, conteniendo malamente su emoción.

-Quiero hablar contigo, estoy en Montevideo.

-No va a ser posible.

-Nadia, no quiero amenazar, pero es la única opción que me dejás. Si accedés a encontrarte conmigo lo dejo tranquilo, pero si te negás hablo con él.

Otra vez el silencio. Shepard pensó que ella no podría mantener la compostura y explotaría, dejando salir a gritos el resentimiento contenido durante diez años.

-Bueno. Lo hablamos. El miércoles en el Facal, a las diez de la mañana, así resolvemos el asunto rápido.

Shepard miró el canto amarillento de sus dedos mientras sostenían el cigarrillo. Pensó en la primera vez que fumó, con doce años, en la casa de Carlos. Sin saber por qué, le vino a la cabeza el temblor de su mano al sostener el Philip Morris, la mirada de desafío y evaluación de Carlos, la náusea invadiéndolo con la primera pitada, rebotando ásperamente en su garganta. Era verano, uno de esos veranos pegajosos de la infancia, de siestas truncas, doblegadas por la urgencia lúdica y transgresora que se apropiaba de los cuerpos jóvenes. Fumar era uno de los peldaños indispensables para ingresar al mundo adulto, y en aquella nebulosa tarde de enero o febrero de cuarenta años atrás él había dado ese paso. A unos metros de donde él estaba, moviéndose con la torpeza propia del turista, un grupo de brasileños formaba un semicírculo alrededor de la Fuente de los Candados, sacando fotos y leyendo las inscripciones. Shepard terminó de fumar y tiró la colilla con un gesto displicente. Eligió una mesa cerca de la ventana, se sentó mirando al este, siguiendo una corazonada. Recorrió su catálogo mental de conversaciones memorables en bares montevideanos, comprobando, con cierta sorpresa, que no recordaba ninguna en ese. El tintineo de una cuchara contra el piso lo hizo volver desde sus pensamientos. Pospuso su pedido ante la pregunta del mozo, diciendo que esperaba a alguien. Miró la hora. Casi las diez y media. Sintió mezclarse entre pecho y espalda sentimientos de frustración y de rabia. Resolvió esperar quince minutos más. Nadia siempre llegaba tarde a todos lados, y esa es una de las costumbres que la gente conserva durante toda su vida.

No la vio sino hasta que estuvo a pocos metros de distancia de su mesa, y no la reconoció hasta que sus miradas se cruzaron, deteniéndose una en la otra por un momento. Ella esbozó una palabra inaudible, acomodó instintivamente la cartera en su hombro, y caminó hacia él. Shepard se incorporó, metiendo la cara en una franja de sol que lo obligó a entornar los ojos. La mujer, sin dejar de mirarlo, se detuvo unos segundos, permitiendo pasar a una pareja que iba saliendo, y se acercó dando unos últimos pasos lentos, casi teatrales.

-Hola.

La voz sonó un poco más áspera y desvaída que en su recuerdo, pero aun así reconocible. Shepard sintió que algo temblaba en su interior al escuchar el saludo.

-Hola.

Se sentaron en silencio. Durante un instante, que le pareció eterno, Shepard no supo qué hacer con las manos, mientras los ojos de la mujer no se apartaban de su cara. Apreció sin sorpresa el surco acentuado de algunas arrugas que diez años atrás eran solo insinuaciones, amenazas de un futuro que entonces parecía muy lejano. La piel algo floja del cuello era otro signo del paciente trabajo del tiempo. Shepard se sacudió de encima un incipiente principio de angustia inclinando un poco el cuerpo hacia adelante, esforzándose por que su voz sonara lo más neutra posible.

-¿Qué vas a tomar?

-Un cortado está bien.

-¿Algo para comer?

-No.- Un gesto de impaciencia relampagueó en los ojos verdes.

Shepard pidió dos cortados. Se sintió tentado a prender un cigarrillo, pero contuvo el impulso. Pensó decir algo para romper el hielo.

-Estás muy bien. El tiempo no pasa para vos.

Nadia permaneció inconmovible.

-Gracias, pero no vine para escuchar tus halagos. Decí lo que tengas para decir.

-Esperemos los cortados-dijo Shepard, en un intento por ganar tiempo.

Había pasado la noche en vela, imaginando lo que diría en este momento, pero se sintió repentinamente inseguro, incapaz de expresar en palabras todo lo que tenía para decir.

Después de unos minutos de incómodo silencio, llegó el mozo con el pedido. Shepard miró por la ventana, buscando una improbable inspiración en las caras de los transeúntes. "Ya está", pensó.

-¿Cómo está?

Nadia introdujo la cuchara en el vaso y la giró durante algunos segundos antes de contestar.

-Está bien. Con las típicas cosas de adolescentes. Rebelde, cuestionador, pero bien. Estudia, juega al fútbol, sale con los amigos. Es bueno.

-Lo criaste bien.

-Hice lo que pude, Luis.-Otra vez la mirada de condena, verde mirada de agua encrespada y salina.

-Escuchame, Nadia...-"Ya está", se repitió. "Debería decirle que ya sé que no importa nada de lo que diga, que lo mío no tiene perdón. Debería decírselo, y decirle que yo siento lo mismo."

-Escuchame, Nadia, yo quisiera explicarte muchas cosas...

-No. No me interesa. No me interesa escucharte. Solo explicame por qué apareciste. Por qué ahora te acordaste de que tenías un hijo. ¿Te vino el instinto paterno de golpe? ¿Te pegó el viejazo?

La voz sonó cortante, con la punta de un iceberg de rabia contenida flotando entre las vocales. En la mesa más cercana, una anciana excesivamente maquillada miró a Nadia, con un gesto que Shepard identificó como lindero al deleite.

Tanto odio acumulado, día a día, durante diez años. Todavía no entiendo qué hace acá. Era el momento ideal para vengarse, para agarrarme con la guardia baja

Shepard acarició el borde del vaso con el pulgar, acompañando la línea curva del vidrio.

Es una buena mujer, a pesar de todo. La podredumbre del rencor no pudo con ella.

-Me gustaría verlo.-Levantó la vista, clavándola en sus ojos-Quiero verlo.-Quiso decir algo más, agregar algo contundente, que la convenciera de su arrepentimiento. "Que me dé latigazos", pensó absurdamente. Se negó a permitir que el temblor se extendiera más allá de su boca, a que sus palabras sonaran como una súplica. Calló.

Ella se inclinó, como si quisiera tocarlo con la punta de su odio. Pronunció cada una de las palabras como si hubiera estado esperando ese momento para decirlas, como si las hubiera guardado durante todos esos años en un baúl en el rincón más oscuro de un sótano, sumándolas día a día, cuidando que no se perdiera ninguna, esperando el momento propicio para soltarlas en el aire de ese bar.

-Si por mí fuera, no lo verías nunca en tu puta vida. No lo merecés. No estuviste cuando más te necesitaba. ¿Vos sabés las veces que Francisco lloró por su padre, por su abandono? ¿Tenés alguna idea? No, no la tenés, porque no estabas ahí.

Un puño sacudió la mesa acompañando las últimas palabras. Los vasos vibraron sobre la superficie nacarada.

-Nadia…

La mujer de la mesa cercana le dirigió una mirada cargada de reprobación. Otras cabezas giraron, observando la escena, expectantes.

El puño permaneció pegado a la mesa durante unos instantes, tembloroso como un cachorro abandonado. Después, como obedeciendo a una orden inaudible, se abrió, retirándose.

-Si por mí fuera. ¡No sé por qué tuviste que aparecer para cagarnos la vida!

Ella se echó hacia atrás, recostándose contra el respaldo de la silla. Miró hacia la calle, dejó que la rabia drenara, recompuso la respiración.

-La decisión final va a ser de él.-Volvió a esgrimir la mirada condenatoria-Pero no te

hagas ilusiones, te odia, quizás más que yo. De cualquier manera, tiene que saber que

estás acá, que querés verlo. Que él decida, no puedo privarlo de ese derecho.

Shepard inclinó la cabeza con sumisión. No podía decir si el miedo que le atenazaba

el cuerpo era mayor que la alegría.

Nadia se incorporó. Pareció, por un momento, que le daría al odio la oportunidad de

decir algo más. Se contuvo, parpadeó de cara al sol, giró y se fue sin despedirse.

Shepard permaneció en el bar unos minutos, inmóvil, con la mirada fija en la puerta

por la cual ella había salido. Pidió la cuenta y al levantarse prendió un cigarrillo.

Todavía, antes de irse, tuvo tiempo de lanzarle una mirada de desprecio a la vieja de

la mesa de al lado.

El ventilador, agazapado entre las sombras congregadas en un rincón del cuarto de

pensión, giraba con un zumbido terco. El aire impulsado por las aspas, caliente y

espeso como un caldo, golpeaba el cuerpo de Shepard en intervalos de diez segundos,

sin conseguir aliviarlo del ataque del calor que, como un Atila impiadoso dispuesto

aparentemente a incendiar todo lo que se interpusiera en su camino, había puesto bajo

asedio a la ciudad. Se movió en la cama con la pesadez de un barco que acomoda su

posición siguiendo el capricho de las olas. Sintió en su espalda el contacto pegajoso

de la sábana. Nuevas gotas de sudor brotaron de su frente. Recogió el libro que

descansaba a su costado, boca abajo, abierto como una mujer entregada a sus deseos.

Dirigió un suspiro y una breve mirada al techo antes de retomar la lectura. El

zumbido del ventilador se mezclaba en el aire con los ronquidos de su compañero de

cuarto, que dormía, con una placidez inexplicable, a pocos metros de distancia, en una

cama idéntica a la suya.

En menos de un minuto volvió a colocar el libro sobre la cama, cubriendo parcialmente el dibujo que formaban las arrugas azules de la sábana. Con mano experta puso un cigarrillo en su boca, sosteniéndolo entre los labios con algo parecido a la furia.

Se cumplía una semana de su conversación con Nadia, y las horas le estaban empezando a pesar de una forma insoportable. El Shepard de otros tiempos hubiera tenido la prudencia de dejar pasar dos días, y después habría exigido una respuesta. Pero el Shepard de otros tiempos vivía en un mundo domesticado, que le ofrecía generosamente sus frutos, sin pedirle otra cosa que estirar la mano para recogerlos. Juagueteó con el cigarrillo en su boca, sin decidirse a prenderlo. Había existido otra vida, otro Shepard. Tenía que haber desconfiado, todo era demasiado bueno, demasiado fácil. "Cuando la limosna es grande..."-pensó. Se acordó de la canción de Washington Benavidez, inmortalizada por el Darno: "Cuando todo es potro, mujer, baile, vino, viento, y la carne nos sostiene tanto o más que el hondo hueso...". La vida había estado a su disposición mucho, demasiado tiempo. Había perdido agilidad y fortaleza para enfrentar las malas rachas. El confort, el éxito, el viento a favor lo habían ablandado, habían carcomido los cimientos de su capacidad de lucha, corrompiéndolo sin que se diera cuenta.

El compañero de cuarto refunfuñó, giró sobre su cuerpo, movió las piernas como si pedaleara una bicicleta imaginaria, volvió a quedar inmóvil y a roncar serenamente, acompasando el ritmo de los ronquidos con el movimiento del ventilador.

La imagen de Cecilia apareció en su cabeza, sin avisar, como solía hacerlo, como una tía caprichosa que nos visita sin jamás llamar por teléfono antes. Siempre, cuando pensaba en Cecilia, recordaba, antes que ninguna otra cosa, aquel atardecer en la playa.

Cecilia parada en el borde de la playa, en el punto exacto donde la arena y el mar se acarician con dedos lánguidos, los rulos negrísimos sacudidos por el viento, la piel tostada brillando bajo los últimos rayos del sol, absorta frente a la inmensidad acuática, recibiendo los besos póstumos de las olas que morían en sus pies, con los brazos abiertos, como intentando contener con ellos la espuma de la boca del océano, el empuje de la marea, la inquietud infinita del líquido animal que se extendía ante su frágil cuerpo. Yo iba caminando unos metros atrás, acarreando una heladera con sándwiches y cervezas, pedestre, distraído, cuando los vi, a ella y al mar. Ella, las piernas separadas, tensas, con los pies haciéndole el amor a la arena húmeda. Olvidada de todo, como recién nacida, engendrada por el viento, el sol poniente y el agua salada, Cecilia extendía sus brazos a la enorme criatura que caía rendida ante su presencia. El mar, el siempre mar, el que había contemplado la tragedia de Cartago, la gloria de Lepanto, el que había recibido el abrazo desesperado de Alfonsina, el que había sido testigo de la locura humana desde el principio del tiempo, se inclinaba extasiado frente a esa efímera mujer, irremisiblemente enamorado, entregado a esa sonrisa (que yo no veía pero adivinaba) cargada de relámpagos, sumiso, asombrado de su propia capitulación silenciosa.

Dejé caer el peso de la heladera, conteniendo la respiración, avergonzado como si estuviera profanando algo sagrado, envileciéndolo con mi presencia. La llamarada negra del pelo de Cecilia cantaba, acunada por el viento, una canción que solo un dios sería capaz de componer. Su piel, su cuerpo, cada uno de sus átomos se entregaban, infieles, al vaivén lúbrico de las olas, que la sojuzgaba sin resistencia posible. Sentí, con culpa, estar espiando el encuentro de dos enamorados cortejándose, dejándose caer uno en el otro, descubriéndose maravillados.

En ese momento, mientras me dominaba un sentimiento que la palabra éxtasis solo puede sugerir, Cecilia giró la cabeza, con la sonrisa sosteniéndole los labios, abriendo unos ojos felices como nunca he vuelto a ver, con la cascada del pelo mojándole la cara. Devolví la sonrisa torpemente, solté una blasfemia que no recuerdo, y el hechizo se quebró. Como en uno de esos trucos en que un ilusionista tira una bomba de humo y desaparece, el momento mágico se evaporó, y volvimos a ser dos veraneantes en una tarde de playa, domiciliados en tal dirección, atados a una vida, a un nombre, a un conjunto de leyes y obligaciones estúpidas e inexplicables.

Esa imagen es la primera que me viene a la mente cuando pienso en Cecilia. Después vienen otras, felices muchas (porque tuvimos momentos felices, aunque no quede otro rastro de ellos que el goteo caprichoso de los recuerdos), otras no tanto, como la del final, la de mi perdición y mi sentencia, contenidas en unas lágrimas que no podían significar otra cosa que la denegación del perdón. Las imágenes se suceden, acuden como convocadas por una llamada misteriosa, se agrupan, se mezclan entregadas al vértigo de una coreografía frenética que me desorienta y me agota. Pero por sobre todas ellas persiste, con la tenacidad extraordinaria que a veces tiene la memoria, la de esa escena en la playa que me dijo, en palabras susurradas por el viento de febrero, que yo no era nada comparado con esa muchacha, que jamás había vivido en la forma en que ella lo hacía, simple como la sucesión de los días y las noches.

Prendió el cigarrillo con parsimonia, ahuecando la mano para evitar que el fósforo se apagara con el aire que movía el ventilador, pensando que si esperaba un poco más el calor de la pieza provocaría el encendido espontáneo. Cecilia. El nombre flotó en la habitación ruinosa, aleteó en el humo del cigarro, acarició su agobiada carne por un instante.

-Cecilia- dijo, intentando inútilmente retenerlo consigo.

Miró al costado, temiendo que el otro lo hubiera escuchado. Comprobó con alivio que seguía durmiendo.

Se obligó a pensar en las trivialidades cotidianas: el calor, la cena, el trabajo de mala muerte que había conseguido para pagar la pensión y los cigarros. Pensó en la guita que había traído de España, entreteniéndose en imaginar los usos que le daría si las cosas salían como esperaba. Estaba decidido a no gastarla por el momento, excepto en situaciones especiales, como cuando Nadia accedió a verlo, lo que lo llevó a comprarse un par de zapatos, un pantalón y una camisa, a fin de darle una buena impresión, o lo menos mala posible.

Contrariando su voluntad, Nadia se inclinó ante su cama, la Nadia de diez años atrás, la mujer que le recordaba, sin saberlo, su fracaso, día tras día, quitándole el aire con su presencia, haciéndole saber que había firmado tácitamente su renuncia a la felicidad, o a algo que pudiera parecérsele. Nadia y su sonrisa idéntica a sí misma, que había llegado a odiar tan intensamente como si camuflada en ella estuvieran los insultos más degradantes que a alguien se le pudieran ocurrir. Se recordaba en la mesa cenando, contando con un desgano cuidadosamente disimulado las vicisitudes del día, mientras ella, ciega a su hastío, reía, acotaba, lo ensalzaba por el pequeño triunfo diario. Y entre ellos, completando el cuadro grotesco de familia perfectamente constituida, presidiendo la mesa en su cómica silla de niño, Francisco. Shepard, ya resignado a seguir recordando, volvía a ver los ojos del niño ("igualitos a los tuyos", le decían todos), y la sensación desesperada que le provocaban, de haber caído en una trampa, de ser un imbécil sin remedio. La belleza de su hijo, la inocencia absoluta respecto a cualquier cargo que pudiera imputársele sobre la infelicidad de Shepard, hacían, adicionalmente, que este se sintiera culpable de no poder aceptar que esa iba a ser su vida de ahí en adelante, mientras Cecilia, la tierra prometida, la muchacha que milagrosamente había conseguido enamorarlo (a él, justamente, que se las sabía lungas), pasaba a ser una postal amarillenta en un cajón que nunca volvería a abrirse.

Dos golpes sonaron en la puerta. Se levantó y caminó hacia ella poniéndose apresuradamente una camisa. Era el dueño de la pensión. Los ojos viejos le lanzaron una breve mirada reprobatoria.

-Tiene teléfono.

Imaginó, mientras un latigazo de pánico le atravesaba el cuerpo, que era Nadia. Tuvo la sensación de que la había llamado con el pensamiento.

-Hola.

-Hola.-La voz sonó fría, con aristas de furia reprimida, exactamente como en el bar, una semana antes. Un silencio tenso, que a Shepard le pareció eterno, le llegó del otro lado de la línea. Un escalofrío le subió por la espalda, a pesar del calor insoportable.

Lamas abrió los ojos, parpadeando repetidamente para librarse de las volutas de desorientación que nublaron su conciencia durante unos segundos. Sintió la garganta seca, y toda la ferocidad del calor de la pieza concentrada en su cuerpo, entumecido y gastado a pesar de las horas de sueño ganadas. Una ráfaga de aire caliente lo rozó por un instante, sin brindarle ningún alivio. Se incorporó en la cama apoyándose en un codo. Un sonido extraño, que se imponía al zumbido del ventilador, llegó a sus oídos, alarmándolo. Miró hacia su izquierda, hacia la cama de su compañero de cuarto, de donde provenía el sonido. Vio a Shepard con la cara hundida en las manos, mientras su torso se contraía rítmicamente. Entendió que estaba llorando. Conmovido, se puso en pie, vacilante, aturdido aún por los últimos flecos del sueño, y caminó hacia él.

-Hermano, ¿qué te pasa? Contame.

Shepard separó las manos de su cara, arrebatado de vergüenza, sin poder domar al llanto que se le escurría por todo el cuerpo. Miró al otro con ojos enrojecidos, incrédulos.

-Mi hijo. Mi hijo quiere verme. Voy a verlo.-La voz sonó irreconocible, ahogada por los sollozos felices, oscurecida y ronca.

Lamas no contestó. Tuvo ganas de abrazarlo, pero solo le apoyó una mano en el hombro, sintiendo a través de su cuerpo las sacudidas del llanto de un hombre que acababa de nacer.